GEORGES SIMENON
WEIHNACHTEN IN PARIS

ZWEI ERZÄHLUNGEN

Aus dem Französischen von Julia Becker,
Elisabeth Edl und Wolfgang Matz

KAMPA

Im französischen Original erschienen ›Sept petites croix dans un carnet‹ und ›Le petit restaurant des Ternes‹ erstmals 1951 im Sammelband *Un Noël de Maigret* im Verlag Presses de la Cité, Paris.
Die deutsche Erstübersetzung beider Erzählungen erschien 1992 im Sammelband *Sieben Kreuzchen in einem Notizbuch* im Diogenes Verlag, Zürich.

Mehr Informationen über die Simenon-Gesamtausgabe:
www.kampaverlag.ch/simenon

Für den Blick hinter die Verlagskulissen:
www.kampaverlag.ch/newsletter

KAMPA POCKET
DIE ERSTE KLIMANEUTRALE TASCHENBUCHREIHE
Gedruckt auf säurefreiem und chlorfrei gebleichtem Papier zur Unterstützung verantwortungsvoller Waldnutzung, zertifiziert durch das Forest Stewardship Council. Der Umschlag enthält kein Plastik. Kampa Pockets werden klimaneutral gedruckt, kampaverlag.ch / nachhaltig informiert über das unterstützte CO2-Kompensationsprojekt.

Veröffentlicht im September 2023 als Kampa Pocket
Copyright © 1951 by Georges Simenon Limited
GEORGES SIMENON ® Simenon.tm
All rights reserved
Für die deutschsprachige Ausgabe
Copyright © 2019 by Kampa Verlag AG, Zürich
Covergestaltung: Lara Flues, Kampa Verlag
Coverabbildung: © Jeremy Booth
Satz: Tristan Walkhoefer, Leipzig
Gesetzt aus der Stempel Garamond LT / 230130
Druck und Bindung: GGP Media GmbH, Pößneck
Auch als E-Book erhältlich und als Hörbuch bei DAV
ISBN 978 3 311 15532 4

www.kampaverlag.ch

*Sieben Kreuzchen
in einem Notizbuch*

I

»Bei mir zu Hause«, sagte Sommer, während er auf einer elektrischen Kochplatte Kaffee zubereitete, »gingen wir alle zusammen zur Weihnachtsmesse. Das Dorf war eine halbe Stunde vom Hof entfernt. Wir waren fünf Jungs. Damals waren die Winter kälter, denn wir fuhren mit dem Schlitten zur Kirche.«

Lecœur, der an einer Vermittlungsanlage mit Hunderten von Stöpseln stand, hatte den Kopfhörer zurückgeschoben, um die Unterhaltung mitzubekommen.

»In welcher Gegend war das?«

»In der Lorraine.«

»Die Winter waren vor vierzig Jahren nicht kälter in der Lorraine, aber die Bauern hatten noch keine Autos. Wie oft bist du mit dem Schlitten zur Weihnachtsmesse gefahren?«

»Ich weiß nicht.«

»Zweimal? Dreimal? Vielleicht nur ein einziges Mal? Aber es hat dich beeindruckt, weil du ein Kind warst.«

»Jedenfalls gab es, wenn wir zurückkamen, eine

herrliche Blutwurst. So etwas habe ich seither nie mehr gegessen – und das ist bestimmt keine Einbildung. Wir sind nie dahintergekommen, wie meine Mutter sie zubereitet hat, was sie reingetan hat, das sie besser gemacht hat als alle anderen Blutwürste. Meine Frau hat es versucht. Sie hat meine ältere Schwester gefragt, die behauptet, Mamas Rezept zu kennen.«

Er ging zu einem der großen Fenster ohne Vorhang, hinter denen nichts als tiefe Dunkelheit war, und kratzte mit einem Fingernagel an der Scheibe.

»Schau an, Raureif! Auch das erinnert mich an meine Kindheit. Wenn ich mich morgens waschen wollte, musste ich oft die Eisschicht in dem Krug durchbrechen, obwohl er in meinem Schlafzimmer stand.«

»Weil es keine Zentralheizung gab«, bemerkte Lecœur gelassen.

Sie waren zu dritt, drei »Nachteulen«, wie man sie nannte. Sie hielten sich seit elf Uhr abends in dem weitläufigen Raum auf, und jetzt, um sechs Uhr früh, kämpften sie gegen die Müdigkeit an. Essensreste lagen auf den Tischen, dazwischen standen drei oder vier leere Flaschen.

Ein Licht, kaum größer als ein Knopf, schien an einer Wand auf.

»13. Arrondissement«, murmelte Lecœur und

schob den Kopfhörer wieder über die Ohren.
»Quartier Croulebarbe.«

Er griff nach einem Stöpsel und steckte ihn in eine der Buchsen.

»Quartier Croulebarbe? Euer Wagen ist gerade losgefahren? Was gibt's?«

»Ein Polizist hat angerufen. Boulevard Masséna. Rauferei zwischen zwei Betrunkenen.«

Sorgfältig trug Lecœur ein Kreuzchen in einer Spalte seines Notizbuchs ein.

»Was treibt ihr denn so?«

»Wir sind nur zu viert auf dem Kommissariat. Zwei spielen Domino.«

»Habt ihr Blutwurst gegessen?«

»Nein. Warum?«

»Nur so. Ich lege auf. Im 16. ist irgendwas los.«

Ein riesiger Stadtplan von Paris war an der Wand gegenüber aufgemalt, und die Lämpchen, die aufleuchteten, stellten die Kommissariate dar. Sobald eines von ihnen alarmiert wurde, blitzte ein Lämpchen auf, und Lecœur steckte einen Stöpsel in die entsprechende Buchse.

»Hallo? Quartier Chaillot? Euer Wagen ist gerade losgefahren?«

In jedem der zwanzig Arrondissements von Paris standen vor den blauen Laternen der Kommissariate einer oder mehrere Wagen bereit, um bei einem Anruf sofort davonzubrausen.

»Womit?«

»Schlaftabletten.«

Natürlich eine Frau. Es war die dritte in dieser Nacht, die zweite im vornehmen Quartier Passy. Lecœur zeichnete in einer anderen Spalte ein Kreuz ein, während Mambret an seinem Schreibtisch Formulare ausfüllte.

»Hallo? Odéon? Was ist los? Ein gestohlener Wagen?«

Das war für Mambret, der sich Notizen machte und einen anderen Telefonhörer abhob, um Piedbœuf, dem Telegrafisten, das Autokennzeichen durchzugeben. Sie hörten seine dröhnende Stimme im Stockwerk über ihnen. Es war der achtundvierzigste Wagendiebstahl, den Piedbœuf seit elf Uhr zu melden hatte.

Für andere musste die Weihnachtsnacht einen besonderen Reiz haben. Tausende waren in die Theater und Kinos geströmt. Tausende hatten bis spätabends ihre Besorgungen in den großen Warenhäusern gemacht, wo die Verkäufer mit schweren Beinen von Regal zu Regal hasteten.

Hinter zugezogenen Gardinen fanden Familienfeiern statt, schmorten Truthähne vor sich hin, und wahrscheinlich gab es auch Blutwürste, die wie bei den Sommers nach einem sorgsam von Mutter zu Tochter weitergegebenen Familienrezept zubereitet wurden.

Kinder schliefen unruhig, und Eltern verteilten lautlos Spielzeuge um den Weihnachtsbaum.

In den Restaurants und Nachtlokalen waren acht Tage im Voraus alle Tische reserviert. Auf der Seine lag der Lastkahn der Heilsarmee, vor dem die Clochards Schlange standen und die guten Gerüche einsogen.

Sommer hatte Frau und Kinder. Piedbœuf, der Telegrafist von oben, war seit einer Woche Vater.

Ohne den Raureif auf den Scheiben hätten sie nicht gewusst, dass es draußen kalt war. Sie kannten die Farbe dieser Nacht nicht. Für sie gab es nur die gelbliche Farbe des weitläufigen Raums gegenüber dem Palais de Justice, inmitten der verlassenen Gebäude des Polizeipräsidiums, in die erst in zwei Tagen wieder Leute strömen würden, um Aufenthaltsgenehmigungen, Führerscheine oder Visa zu beantragen und alle möglichen Beschwerden vorzubringen.

Unten im Hof standen für Notfälle Wagen bereit, mit dösenden Fahrern, die auf Notrufe warteten.

Aber es hatte keine Notfälle gegeben. Die Kreuzchen in Lecœurs Notizbuch verrieten genug. Er machte sich nicht die Mühe, sie zu zählen. Er wusste, dass es in der Spalte *Betrunkene* rund zweihundert waren.

In dieser Nacht war die Polizei natürlich nicht allzu streng. Man versuchte die Leute zu überzeugen, nach Hause zu gehen, und mischte sich erst ein, wenn Betrunkene unangenehm wurden, Gläser zerschlugen und friedliche Gäste belästigten.

Zweihundert Personen, darunter einige Frauen, schliefen tief und fest auf dem Fußboden hinter den Gittern der verschiedenen Kommissariate.

Fünf Messerstechereien, zwei an der Porte d'Italie und drei ganz oben in Montmartre, nicht dem Montmartre der Nachtlokale, sondern in der heruntergekommenen Gegend, zwischen den Hütten aus alten Kisten und Dachpappe, wo über hunderttausend Nordafrikaner lebten.

Einige vermisste Kinder, die im Gedränge während der Messen verloren gegangen waren, bald darauf aber wieder gefunden wurden.

»Hallo? Chaillot? Wie geht es der Frau mit den Schlaftabletten?«

Sie war noch am Leben. Die starben nur selten. Meistens gaben sie sich Mühe, am Leben zu bleiben. Es war eher ein Hilferuf.

»Apropos Blutwurst«, warf Randon ein, der eine große Meerschaumpfeife rauchte, »das erinnert mich an …«

Sie erfuhren nicht mehr, woran es ihn erinnerte. Im dunklen Treppenhaus waren zögerliche Schritte zu hören, eine Hand tastete umher, und sie sahen, wie sich der Türknauf drehte. Alle drei starrten zur

Tür, überrascht, dass jemand auf die Idee gekommen war, sie um diese Zeit zu besuchen.

»Morgen!«, sagte der Mann und warf seinen Hut auf einen Stuhl.

»Was führt dich hierher, Janvier?«

Janvier, ein junger Inspektor der Mordkommission, ging als Erstes zur Heizung, um sich die Hände zu wärmen.

»Ich habe mich gelangweilt, ganz allein da drüben«, sagte er. »Wenn der Mörder zuschlägt, erfahre ich das hier am schnellsten.«

Auch er hatte die Nacht über Dienst gehabt, aber auf der anderen Straßenseite, in den Büros der Kriminalpolizei.

»Darf ich?«, fragte er und hob die Kaffeekanne hoch. »Der Wind ist eisig.«

Seine Ohren waren rot, er blinzelte heftig.

»Vor acht Uhr werden wir nichts erfahren«, sagte Lecœur.

Seit fünfzehn Jahren verbrachte er seine Nächte hier vor der Karte mit den Lämpchen und der Vermittlungsanlage. Er kannte die Namen der meisten Polizisten von Paris, zumindest die der »Nachteulen«. Er war sogar über ihre kleinen Alltagssorgen auf dem Laufenden, denn wenn es nachts ruhig war und die Lämpchen nur selten aufleuchteten, plauderte man miteinander.

»Wie steht's denn bei euch so?«

Er kannte auch die meisten Kommissariate, wenngleich nicht alle. Er konnte sich die Atmosphäre dort vorstellen, die Polizisten mit gelockertem Koppel und offenem Hemdkragen, die ebenfalls Kaffee kochten. Aber gesehen hatte er sie nie. Er hätte sie nicht auf der Straße erkannt. So wie er noch nie einen Fuß in die Krankenhäuser gesetzt hatte, deren Namen ihm so vertraut waren wie anderen die Namen ihrer Tanten und Onkel.

»Hallo? Bichat? Wie geht es dem Verletzten, der vor zwanzig Minuten bei euch eingeliefert wurde? Tot?«

Ein Kreuzchen im Notizbuch. Man konnte ihm die schwierigsten Fragen stellen:

»Wie viele Verbrechen werden jährlich in Paris aus Habgier begangen?«

Und er antwortete, ohne zu zögern:

»Siebenundsechzig.«

»Wie viele Morde werden von Ausländern begangen?«

»Zweiundvierzig.«

»Wie viele ...«

Er gab nicht damit an. Er war gewissenhaft, das war alles. Das war sein Beruf. Er war nicht dazu verpflichtet, die Kreuzchen in sein Notizbuch zu machen, aber es ließ die Zeit schneller vergehen und verschaffte ihm genauso viel Befriedigung wie anderen eine Briefmarkensammlung.

Er war unverheiratet. Niemand wusste, wo er wohnte, was er trieb, wenn er das Büro verließ, in dem er nachts arbeitete. Ehrlich gesagt konnte ihn sich niemand so recht draußen auf der Straße vorstellen.

»Bei gravierenden Vorfällen muss man warten, bis die Leute aufgestanden sind, bis die Concierges die Post heraufbringen oder bis die Dienstmädchen das Frühstück zubereiten und ihre Herrschaft wecken.«

Solche Dinge wusste er eben, da es immer gleich ablief. Im Sommer etwas früher, im Winter später. Und heute noch später, da viele erst den Rausch der vergangenen Nacht ausschlafen würden. Noch immer waren ein paar Leute auf der Straße, und die Türen der Restaurants öffneten sich kurz, um die letzten Gäste hinauszulassen.

Weitere Wagendiebstähle würden gemeldet werden. Wahrscheinlich auch zwei, drei unterkühlte Betrunkene.

»Hallo? Saint-Gervais?«

Sein Paris war ein eigentümliches Paris, dessen Wahrzeichen nicht der Eiffelturm, die Oper oder der Louvre waren, sondern dunkle Verwaltungsgebäude, vor denen Polizeiwagen unter einer blauen Laterne standen und an deren Wände die Fahrräder der Polizisten gelehnt waren.

»Der Chef ist überzeugt«, sagte Janvier, »dass der

besagte Mann noch heute Nacht etwas anstellen wird. Solche Nächte haben es in sich. Feste und Feiertage, das reizt sie.«

Es fiel kein Name, da man keinen kannte. Man konnte noch nicht einmal von dem »Mann im beigen Mantel« oder dem »Mann mit dem grauen Hut« reden, weil ihn niemand gesehen hatte. In manchen Zeitungen wurde er »Monsieur Dimanche« genannt, denn drei der Morde waren an einem Sonntag begangen worden. Seither hatte es aber fünf weitere Morde gegeben, die an anderen Wochentagen geschehen waren, durchschnittlich einer pro Woche, aber auch da ergab sich kein Muster.

»Musst du seinetwegen Wache halten?«

Aus diesem Grund hatte man die Nachtwachen in ganz Paris verstärkt, was für die Polizisten und Inspektoren Überstunden bedeutete.

»Wenn wir den schnappen«, sagte Sommer, »werdet ihr sehen, dass es wieder ein Spinner ist.«

»Ein Spinner, der andere ermordet«, seufzte Janvier und trank seinen Kaffee. »Da, eines deiner Lämpchen ist angegangen.«

»Hallo? Bercy? Euer Wagen ist losgefahren? Wie bitte? Moment. Ertrunken?«

Man sah, dass Lecœur zögerte, in welche Spalte er sein Kreuz eintragen sollte. Da gab es eine für jene, die sich erhängten, eine andere für diejenigen, die sich mangels Waffe aus dem Fenster stürzten.

Es gab eine Spalte für die Ertrunkenen, eine für die, die sich erschossen, eine für die, die ...

»Hört mal! Wisst ihr, was gerade ein Kerl am Pont d'Austerlitz gemacht hat? Apropos Spinner ... Der Typ hat sich einen Stein um die Knöchel gebunden, ist mit einem Strick um den Hals auf die Brüstung und hat sich eine Kugel in den Kopf geschossen.«

Tatsächlich gab es auch hierfür eine Spalte: *Neurasthenie*.

Jetzt war die Stunde, in der die Leute, die nicht Heiligabend gefeiert hatten, zur Frühmesse gingen. Sie liefen gebückt, mit triefenden Nasen, die Hände in die Taschen vergraben und kämpften gegen den Wind an, der wie Eisstaub über die Bürgersteige fegte. Es war auch die Stunde, da die Kinder allmählich aufwachten, die Lampen anknipsten und barfuß im Nachthemd zum Weihnachtsbaum stürzten.

»Wenn unser Kerl wirklich ein Spinner wäre, würde er, dem Gerichtsmediziner zufolge, immer auf die gleiche Weise töten, ob nun mit einem Messer, einem Revolver oder sonst was.«

»Was für eine Waffe hat er beim letzten Mal benutzt?«

»Einen Hammer.«

»Und davor?«

»Ein Messer.«

»Und was beweist, dass es immer derselbe war?«

»Zunächst die Tatsache, dass die acht Verbrechen fast Schlag auf Schlag begangen wurden. Es wäre erstaunlich, wenn plötzlich acht neue Mörder in Paris am Werk wären.«

Man spürte, dass Inspektor Janvier bei der Kriminalpolizei viel darüber gehört hatte.

»Außerdem gibt es eine Art Typähnlichkeit bei diesen Morden. Jedes Mal ist das Opfer, ganz gleich, ob jung oder alt, eine alleinstehende Person ohne Familie, ohne Freunde.«

Sommer blickte auf Lecœur, dem er nicht verzieh, dass er ledig war, und erst recht nicht, dass er keine Kinder hatte. Er selbst hatte fünf, und seine Frau erwartete das sechste.

»Genau wie du, Lecœur! Pass auf!«

»Ein weiterer Hinweis sind die Gegenden, in denen er sein Unwesen treibt. Keiner der Morde ist in reichen oder auch nur bürgerlichen Quartieren begangen worden.«

»Trotzdem stiehlt er.«

»Er stiehlt, aber nicht viel. Kleinere Beträge. Erspartes, in einer Matratze versteckt oder einem alten Rock. Er ist kein Einbrecher, scheint dafür auch nicht ausgerüstet zu sein, und doch hinterlässt er keine Spuren.«

Ein Lämpchen. Ein gestohlener Wagen vor der Tür eines Restaurants an der Place des Ternes, unweit der Étoile.

»Die Leute, die ihren Wagen nicht mehr vorfinden, ärgern sich bestimmt am meisten darüber, dass sie mit der Metro nach Hause fahren müssen.«

Noch eine Stunde, anderthalb Stunden, dann war Schichtwechsel, außer für Lecœur, der einem Kollegen versprochen hatte, ihn zu vertreten, damit dieser das Weihnachtsfest bei seiner Familie in der Nähe von Rouen verbringen konnte.

Das kam häufig vor. Es war so normal geworden, dass niemand mehr Hemmungen hatte, ihn zu fragen:

»Sag mal, Lecœur, kannst du mich morgen vertreten?«

Zu Beginn hatte man noch eine sentimentale Ausrede erfunden; eine kranke Mutter, eine Beerdigung, eine Erstkommunion. Zum Dank brachte man ihm Kuchen, *charcuterie* oder eine Flasche Wein.

Tatsächlich hätte Lecœur, wenn er gekonnt hätte, vierundzwanzig Stunden am Tag in diesem Raum verbracht, sich gelegentlich auf dem Feldbett ausgeruht und sein Essen auf dem Elektrokocher zubereitet. Es war merkwürdig: Obwohl er ebenso gepflegt war wie die anderen, gepflegter sogar als manche, als Sommer zum Beispiel, dessen Hosen selten gebügelt waren, hatte er etwas Farbloses an sich, das den Junggesellen verriet.

Er trug eine Brille mit Gläsern, die so dick waren

wie eine Lupe und seine Augen so groß aussehen ließen, dass man jedes Mal erstaunt war, wenn er die Brille abnahm, sie mit einem Lederläppchen putzte, das er stets in der Tasche hatte, und man seinen flüchtigen, fast schüchternen Blick entdeckte.

»Hallo? Javel?«

Eines der Lämpchen des 15. Arrondissements war angegangen, im Industriegebiet beim Quai de Javel.

»Ist euer Wagen losgefahren?«

»Wir wissen noch nicht, was passiert ist. Jemand hat die Scheibe einer Notrufsäule in der Rue Leblanc eingeschlagen.«

»Niemand hat etwas gesagt?«

»Nein, nichts. Der Wagen ist unterwegs. Ich melde mich wieder.«

In Paris gibt es entlang der Bürgersteige Hunderte dieser roten Säulen, deren Scheiben man nur einzuschlagen braucht, um mit dem nächsten Kommissariat in Verbindung zu treten. Hatte sie diesmal ein Passant versehentlich eingeschlagen?

»Hallo? Zentrale? Der Wagen ist zurück. Es war niemand da. In der Umgebung ist alles ruhig. Wir lassen die Gegend überwachen.«

Trotzdem trug Lecœur in die letzte Spalte mit dem Titel *Diverses* ein Kreuzchen ein, um sich ja nichts vorwerfen zu müssen.

»Kein Kaffee mehr da?«, fragte er.

»Ich mache neuen.«

Dasselbe Lämpchen leuchtete auf. Seit dem ersten Anruf waren keine zehn Minuten vergangen.

»Javel? Was gibt's?«

»Wieder eine Notrufsäule.«

»Und keiner hat sich gemeldet?«

»Nein, niemand. Irgendein Spaßvogel, der es komisch findet, uns aufzuscheuchen. Diesmal werden wir versuchen, ihn zu erwischen.«

»Wo war das?«

»Am Pont Mirabeau.«

»Na, euer Freund ist aber schnell unterwegs.«

Zwischen den beiden roten Säulen lag tatsächlich eine beachtliche Strecke. Aber man scherte sich nicht mehr um solche Anrufe. Vor drei Tagen hatte jemand die Scheibe einer Säule eingeschlagen und schamlos gerufen:

»Tod den Bullen!«

Janvier döste vor sich hin, die Füße auf der Heizung. Als er erneut Lecœurs Stimme hörte, öffnete er die Augen ein bisschen, sah, dass schon wieder eines der Lämpchen brannte, und fragte mit schlaftrunkener Stimme:

»Schon wieder dieser Kerl?«

»Eine eingeschlagene Scheibe in der Avenue de Versailles, ja.«

»Idiot!«, brummte er und versank wieder in seinem behaglichen Dämmerschlaf.

Es würde spät hell werden, nicht vor halb acht oder acht. Manchmal vernahm man schwach das Läuten der Glocken, wie aus einer anderen Welt. Die armen Polizisten unten in ihren Wagen mussten halb erfroren sein.

»Apropos Blutwurst ...«

»Was für eine Blutwurst?«, murmelte Janvier, der mit seinen vom Dösen ganz rosigen Wangen aussah wie ein Kind.

»Die Blutwurst, die meine Mutter ...«

»Hallo? Du wirst doch nicht melden, dass jemand die Scheibe einer deiner Säulen eingeschlagen hat? ... Was? ... Tatsächlich? ... Er hat schon im 15. zwei zerbrochen ... Nein, sie haben ihn nicht geschnappt ... Sag mal, der Kerl rennt ja geradezu ... Er hat die Seine beim Pont Mirabeau überquert ... Sieht aus, als will er ins Zentrum ... Gut, ihr könnt es ja versuchen ...«

Noch ein Kreuzchen, und gegen halb acht, eine halbe Stunde vor dem Schichtwechsel, waren es bereits fünf in der Spalte.

Spinner oder nicht, der Bursche kam zügig voran. Sicher, die Temperaturen luden nicht zum Flanieren ein. Eine Weile war er offenbar an der Seine entlanggelaufen. Er hielt sich nicht stur geradeaus. Er war im reichen Quartier Auteuil gewesen und hatte in der Rue La Fontaine eine Scheibe eingeschlagen.

»Er ist nur fünf Minuten vom Bois de Boulogne entfernt«, verkündete Lecœur. »Wenn er erst mal dort ist, werden wir seine Spur verlieren.«

Aber der Unbekannte hatte kehrtgemacht und war zur Seine zurückgegangen, um in der Rue Berton, nahe dem Quai de Passy, eine weitere Scheibe einzuschlagen.

Die ersten Anrufe waren aus den ärmlichen Ecken von Grenelle gekommen. Der Mann hatte nur die Seine überqueren müssen, um sich in einer völlig anderen Umgebung wiederzufinden, mit breiten Straßen, die zu dieser Zeit sicher menschenleer waren. Bestimmt war alles geschlossen. Seine Schritte mussten auf dem harten eiskalten Pflaster widerhallen.

Sechster Anruf: Er hatte den Trocadéro umgangen und befand sich nun in der Rue de Longchamp.

»Da hält sich einer für den Däumling«, bemerkte Mambret. »Anstelle von Brotkrumen und Kieseln verstreut er Glasscherben.«

Es folgten weitere Anrufe, Schlag auf Schlag. Noch mehr gestohlene Autos, ein Schuss in der Rue de Flandre, ein Verletzter, der vorgab, nicht zu wissen, wer auf ihn geschossen hatte. Zeugen hatten gesehen, dass er die ganze Nacht mit einem Kumpel getrunken hatte.

»Aha! Javel meldet sich wieder! … Hallo? Javel? Ich vermute, es geht wieder um deinen Scheibeneinwerfer. Er hatte nicht genug Zeit, an seinen Ausgangspunkt zurückzukehren ... Wie bitte? ... Aber ja, er macht weiter. Er muss inzwischen in der Nähe der Champs-Élysées sein ... Was? ... Augenblick mal ... Erzähl ... Rue wie bitte? ... Michat? ... c-h-a-t, wie *Katze*, ja ... Zwischen Rue Lecourbe und Boulevard Félix Fauré ... Ja ... Da ist eine Eisenbahnbrücke in der Nähe ... Ja ... Verstehe ... Nummer 17 ... Wer hat angerufen? ... Die Concierge? ... So früh ist die schon auf? ... Haltet die Klappe, ihr da!

Nein, dich habe ich nicht gemeint. Ich habe mit Sommer geredet. Der liegt uns schon wieder mit seiner Blutwurst in den Ohren ...

Also die Concierge ... Ist notiert ... Ein großes, heruntergekommenes Mietshaus ... Sieben Stockwerke ... Ja ...«

Im Quartier wimmelte es von solchen Gebäuden, die zwar nicht alt waren, aber so mangelhaft gebaut, dass sie, kaum bewohnt, schon abbruchreif wirkten. Sie standen auf Brachland, mit dunklen Mauern, die Giebel voller Reklame, und überragten die zum Teil nur eingeschossigen Vorstadthäuser.

»Sie hat jemand auf der Treppe gehört, und die Tür ist zugeschlagen? ... War sie offen? ... Wusste die Concierge nicht, wie das kam? ... In welchem Stock war das? ... Im Zwischengeschoss zum Hof hin ... Weiter ... Ich sehe, dass der Wagen vom

8. losgefahren ist. Ich wette, das ist wieder mein Scheibeneinwerfer … Eine alte Frau … Wie? … Die alte Fayet? … Sie war Putzfrau … Tot? … Mit einem stumpfen Gegenstand … Ist der Arzt da? … Bist du sicher, dass sie tot ist? … Sind ihre Ersparnisse weg? … Ich frage, weil ich davon ausgehe, dass sie Ersparnisse hatte … Ja … Ruf mich wieder an … Sonst rufe ich dich an …«

Er wandte sich zum schlafenden Inspektor.

»Janvier! He, Janvier! Ich glaube, das ist für dich.«

»Wer? Was ist?«

»Der Mörder.«

»Wo?«

»In Javel. Ich habe dir die Adresse hier auf den Zettel geschrieben. Diesmal hat es eine alte Putzfrau erwischt, die alte Fayet.«

Janvier zog seinen Mantel an, suchte seinen Hut, trank seinen Kaffee aus.

»Wer kümmert sich im 15. darum?«

»Gonesse.«

»Sag der Kriminalpolizei Bescheid, dass ich hinfahre.«

Kurz darauf konnte Lecœur ein weiteres Kreuzchen, das siebte, in die letzte Spalte seines Notizbuchs eintragen. Jemand hatte die Scheibe einer Notrufsäule in der Avenue d'Iéna eingeschlagen, hundertfünfzig Meter vom Arc de Triomphe entfernt.

»Zwischen den Glassplittern lag ein blutverschmiertes Taschentuch. Ein Kindertaschentuch.«

»Ohne Initialen?«

»Ja, ein blau-weiß kariertes Taschentuch, nicht besonders sauber. Die Person muss es sich um die Faust gewickelt haben, um die Scheibe einzuschlagen.«

Auf der Treppe waren Schritte zu hören. Die Ablösung, die Männer von der Tagesschicht. Sie waren frisch rasiert, und ihrer gespannten und rosigen Haut war anzusehen, dass sie sich mit kaltem Wasser gewaschen hatten und durch den eisigen Wind gelaufen waren.

»Na, wie war Heiligabend?«

Sommer schloss die kleine Blechdose, in der er sein Essen mitgebracht hatte. Lecœur war der Einzige, der sich nicht rührte, da er ja dableiben würde.

Der dicke Godin zog sich bereits den Kittel über, den er bei der Arbeit trug, und setzte sogleich Wasser für einen Grog auf. Jeden Winter plagte ihn ein Schnupfen, den er stets mit zahllosen Grogs zu bekämpfen suchte und dadurch eher förderte.

»Hallo? Ja ... Nein, ich bleibe hier. Ich vertrete Potier, der seine Familie besucht ... Also ... Ja, das interessiert mich persönlich ... Janvier ist weggefahren, aber ich werde die Nachricht an die Kriminalpolizei weiterleiten ... Ein Invalide? ... Was für ein Invalide?«

Zu Beginn braucht es immer Geduld, um sich zurechtzufinden, denn die Leute sprechen über den Fall, um den sie sich kümmern, als ob die ganze Welt Bescheid wüsste.

»Der Pavillon dahinter, ja ... Also nicht in der Rue Michat ... Rue ...? Rue Vasco-de-Gama? ... Aber ja, die kenne ich ... Das kleine Haus mit Garten und Eisentor ... Ich wusste nicht, dass er Invalide ist ... Na gut ... Er schläft nicht viel ... Ein Junge ist die Regenrinne hochgeklettert? ... Wie alt? ... Er weiß es nicht? ... Ja, stimmt, es war dunkel ... Woher weiß er, dass es ein Junge war? ... Hör mal, sei so gut und ruf mich zurück ... Du gehst jetzt auch nach Hause? ... Wer löst dich ab? ... Der dicke Jules? ... Der, der mal ... Ja ... Gut ... Grüß ihn von mir und sag ihm, er soll mich anrufen ...«

»Worum geht es?«, fragte einer der Neuen.

»Eine alte Frau wurde kaltgemacht, in Javel.«

»Von wem?«

»Ein Invalide, der in einem Häuschen hinter dem Gebäude lebt, sagt, er habe einen Jungen die Mauer zu ihrem Fenster hochklettern sehen.«

»Und dieser Junge soll sie umgebracht haben?«

»Jedenfalls war es ein Kindertaschentuch, das man bei einer Notrufsäule gefunden hat.«

Sie hörten ihm nur mit halbem Ohr zu. Die Lampen brannten noch, aber grelles Tageslicht drang bereits durch die mit Eisblumen bedeckten

Fensterscheiben. Jemand kratzte den Reif ab. Eine instinktive Geste, vielleicht eine Kindheitserinnerung, so wie Sommers Blutwurst?

Die »Nachteulen« waren gegangen. Die anderen richteten sich für den Tag ein, blätterten die Berichte durch, organisierten sich.

Ein gestohlener Wagen, Square la Bruyère.

Lecœur blickte geistesabwesend auf seine sieben Kreuzchen, erhob sich mit einem Seufzer und stellte sich vor die riesige Wandkarte.

»Lernst du den Stadtplan auswendig?«

»Ich kenne ihn bereits auswendig. Aber da gibt es etwas, was mir nicht aus dem Kopf will. Innerhalb von anderthalb Stunden wurden die Scheiben von sieben Notrufsäulen zerschlagen. Auffällig ist, dass derjenige, der dieses Spiel getrieben hat, nicht geradeaus gegangen, keiner eindeutigen Route gefolgt ist, sondern dass er im Zickzack gelaufen ist.«

»Vielleicht kennt er sich in Paris nicht gut aus?«

»Oder er kennt sich sehr gut aus. Kein einziges Mal ist er an einem Kommissariat vorbeigekommen, obwohl er an mehreren hätte vorbeigehen müssen, wenn er den kürzesten Weg eingeschlagen hätte. Und an welchen Kreuzungen begegnet man garantiert einem Polizisten?«

Er deutete mit dem Finger darauf.

»Da ist er auch nicht vorbeigekommen. Er ist ihnen ausgewichen. Nur der Pont Mirabeau war riskant, wie alle Seinebrücken.«

»Wahrscheinlich ist er betrunken«, scherzte Godin, während er an seinem heißen Rum nippte und zwischendurch in sein Glas blies.

»Ich frage mich bloß, warum er aufgehört hat, Scheiben zu zerschlagen.«

»Vermutlich ist er inzwischen zu Hause.«

»Einer, der sich um sechs Uhr morgens in Javel befindet, wird kaum bei der Étoile wohnen.«

»Und wieso interessiert dich das?«

»Er macht mir Angst.«

»Im Ernst?«

Es war tatsächlich überraschend, Lecœur beunruhigt zu sehen, für den sich die aufregendsten Nächte in Paris auf ein paar Kreuzchen in seinem Notizbuch reduzierten.

»Hallo? Javel? ... Der dicke Jules? ... Ja, hier Lecœur ... Sag mal ... Hinter dem Wohnhaus in der Rue Michat steht doch das Haus des Invaliden ... Gut ... Daneben ist ein weiteres Haus, roter Backstein, mit einem Lebensmittelgeschäft im Erdgeschoss ... Ja ... Ist in dem Haus nichts passiert? ... Die Concierge hat nichts gemeldet? ... Ich weiß nicht ... Nein, ich weiß wirklich nichts ... Vielleicht wäre es besser, sie mal zu fragen, ja ...«

Plötzlich wurde ihm heiß, und er drückte seine Zigarette aus, die er nur zur Hälfte geraucht hatte.

»Hallo? Les Ternes? Hattet ihr keine Notrufe bei euch? ... Gar nichts? Nur ein paar Betrunkene? ... Danke. Übrigens, ist die Fahrradstreife schon unterwegs? ... Die fahren gleich los? ... Bittet sie doch, sich auf alle Fälle nach einem Jungen umzusehen ... Ein müde aussehender Junge, der an der rechten Hand blutet ... Nein, keine Vermisstenanzeige ... Ich werde es euch ein andermal erklären ...«

Sein Blick wich nicht von der Wandkarte, auf der zehn Minuten lang kein Lämpchen aufleuchtete. Dann blitzte eins auf, wegen eines Gasunfalls im 18. Arrondissement, ganz oben in Montmartre.

In den kalten Straßen von Paris waren nur dunkle Gestalten unterwegs, die frierend von der Frühmesse zurückkehrten.

II

Einer der stärksten Eindrücke, die André Lecœur mit seiner Kindheit verband, war das Gefühl von Bewegungslosigkeit. Seine Welt bestand damals aus einer großen Küche in Orléans, ganz am Stadtrand. Er hatte dort die Winter und die Sommer verbracht, in seiner Erinnerung aber war die Küche meistens sonnendurchflutet, mit weit geöffneter Tür, vor der sein Vater eines Sonntags ein Gitter angebracht hatte, um ihn daran zu hindern, allein in den Garten zu gehen, in dem die Hennen gackerten und die Kaninchen den ganzen Tag hinter ihrem Drahtzaun mümmelten.

Um halb neun fuhr sein Vater mit dem Rad zur Gasfabrik am anderen Ende der Stadt. Seine Mutter erledigte die Hausarbeit stets in derselben Reihenfolge. Sie ging nach oben in die Schlafzimmer, legte die Bettdecken auf das Fensterbrett.

Und fast im selben Moment verkündete das Glöckchen des Gemüsehändlers, der seinen Wagen durch die Straße schob, dass es zehn Uhr war. Um elf Uhr kam zweimal die Woche der bärtige Arzt vorbei, um nach seinem kleinen Bruder zu sehen, der immer krank war und dessen Zimmer er nicht betreten durfte.

Das war alles. Sonst ereignete sich nichts. Er hatte kaum Zeit zu spielen und sein Glas Milch zu trinken, da kam sein Vater auch schon zum Mittagessen zurück.

Inzwischen hatte sein Vater in mehreren Quartieren Geld einkassiert und eine Menge Leute getroffen, von denen er bei Tisch sprach, während zu Hause kaum etwas passiert war. Und der Nachmittag, vielleicht wegen der Mittagsruhe, verging noch schneller.

»Kaum habe ich mit der Hausarbeit begonnen, ist auch schon wieder Zeit fürs Essen«, hatte seine Mutter oft gestöhnt.

Hier war das nicht viel anders, in dem großen Raum der Zentrale, wo sogar die Luft stillstand und die Angestellten so schläfrig wurden, dass sie die Telefonanrufe und die Stimmen bald wie durch einen Schleier vernahmen.

Ein paar Lämpchen leuchteten an der Wandkarte auf, ein paar Kreuzchen – in der Rue de Clignancourt hatte ein Bus einen Wagen gerammt –, und schon meldete sich Javel zurück.

Diesmal war nicht der dicke Jules am Apparat, sondern Inspektor Gonesse, der sich zum Tatort begeben hatte. Man hatte genug Zeit gehabt, sich mit ihm in Verbindung zu setzen und ihm von dem

Haus in der Rue Vasco-de-Gama zu erzählen. Er war dorthin gegangen und ganz aufgeregt zurückgekehrt.

»Sind Sie es, Lecœur?«

In seiner Stimme lag schlechte Laune oder Misstrauen.

»Sagen Sie mal, wie sind Sie auf dieses Haus gekommen? Kannten Sie die alte Fayet?«

»Ich habe sie nie gesehen, aber ich kannte sie.«

Was an diesem Weihnachtsmorgen passierte, hatte André Lecœur seit mindestens zehn Jahren befürchtet. Genauer gesagt: Wenn er seinen Blick über die Karte mit den Lämpchen schweifen ließ, sagte er gelegentlich zu sich selbst:

»Eines Tages trifft es unweigerlich jemanden, den ich kenne.«

Manchmal war in seinem eigenen Quartier etwas vorgefallen, unweit seiner Straße, aber nie genau dort. Wie ein Gewitter, das sich nähert und dann vorbeizieht, ohne sich dort zu entladen, wo er wohnte.

Nun, jetzt war es passiert.

»Haben Sie mit der Concierge gesprochen?«, fragte er. »War sie schon wach?«

Er stellte sich den säuerlichen Gesichtsausdruck von Inspektor Gonesse vor und fuhr fort:

»Ist der Junge zu Hause?«

Worauf Gonesse brummte:

»Den kennen Sie auch?«

»Er ist mein Neffe. Hat man Ihnen nicht gesagt, dass er Lecœur heißt, François Lecœur?«

»Doch, hat man.«

»Und?«

»Er ist nicht zu Hause.«

»Und sein Vater?«

»Der ist heute Morgen um kurz nach sieben heimgekommen.«

»Wie immer, ich weiß. Er arbeitet auch in der Nacht.«

»Die Concierge hat gehört, wie er zu seiner Wohnung hochging. Sie liegt im dritten Stock, zum Hof hin.«

»Ich weiß.«

»Ein paar Augenblicke später ist er wieder heruntergekommen und hat aufgeregt an ihre Tür geklopft.«

»Ist der Junge verschwunden?«

»Ja. Der Vater hat gefragt, ob ihn jemand hat weggehen sehen und wann. Die Concierge wusste nichts. Also wollte er wissen, ob im Verlauf des Abends oder am frühen Morgen ein Telegramm angekommen sei.«

»Und es war kein Telegramm angekommen?«

»Nein. Verstehen Sie, was da vor sich geht? Denken Sie nicht, dass Sie herkommen sollten als Verwandter, der sich da ein bisschen auskennt?«

»Das würde nichts nützen. Wo ist Janvier?«

»Bei der alten Fayet. Die Leute von der Spurensicherung sind soeben angekommen und haben sich an die Arbeit gemacht. Sie haben die Fingerabdrücke eines Kindes am Türknauf gefunden. Warum bewegen Sie sich nicht hierher?«

Lecœur antwortete träge:

»Hier ist keiner, der mich vertreten könnte.«

Das stimmte, zumindest teilweise. Ein paar Telefonate, und er hätte vielleicht einen Kollegen gefunden, der ihn ein, zwei Stunden in der Zentrale ersetzt hätte. In Wahrheit wollte er nicht am Tatort sein. Es hätte sie ohnehin nicht weitergebracht.

»Hören Sie zu, Gonesse. Ich muss diesen Jungen finden, verstehen Sie? Vor einer halben Stunde muss er sich bei der Étoile rumgetrieben haben. Sagen Sie Janvier, dass ich hierbleibe und dass die alte Fayet wahrscheinlich viel Geld in der Wohnung versteckt hat.«

Er steckte den Stöpsel fieberhaft in andere Buchsen, um die verschiedenen Dienststellen des 8. Arrondissements anzurufen.

»Sucht nach einem zehn- bis elfjährigen Jungen, schlicht gekleidet, und überwacht vor allem die Notrufsäulen.«

Seine beiden Kollegen schauten ihn neugierig an.

»Glaubst du, der Kleine war's?«

Er gab sich nicht die Mühe zu antworten, rief in der Telefonzentrale oben an.

»Justin? Schau an! Hast du heute Dienst? Würdest du die Streifenwagen bitten, nach einem etwa zehnjährigen Jungen Ausschau zu halten, der irgendwo bei der Étoile herumirrt? ... Nein, ich weiß nicht, in welche Richtung er geht. Er scheint die Straßen zu meiden, wo es Kommissariate gibt, und auch die großen Kreuzungen, wo er auf einen Polizisten treffen könnte.«

Er kannte die Wohnung seines Bruders in der Rue Vasco-de-Gama, zwei dunkle Zimmer und eine winzige Küche, in denen der Junge nachts allein war, wenn sein Vater arbeiten ging. Man blickte auf die Rückseite des Hauses an der Rue Michat, auf Wäscheleinen, Geranientöpfe und auf Fenster, von denen die meisten keine Vorhänge hatten. Dahinter hauste ein buntgemischtes Völkchen.

Auch dort mussten die Fensterscheiben mit Raureif überzogen sein, ein Detail, das ihm nicht mehr aus dem Sinn ging. Er schob den Gedanken in eine Ecke seines Gedächtnisses, denn er konnte von Bedeutung sein.

»Glaubst du, ein Kind hat die Scheiben der Notrufsäulen eingeschlagen?«

»Man hat ein Kindertaschentuch gefunden«, sagte er knapp.

Und er saß da, unschlüssig, in welche Buchse er seinen Stöpsel als Nächstes stecken sollte.

Draußen schienen sich die Leute in schwindelerregendem Tempo zu bewegen. Kaum hatte Lecœur einen Anruf beantwortet, war auch schon der Arzt am Tatort, dann der Vertreter der Staatsanwaltschaft und ein Untersuchungsrichter, die man wohl beide aus dem Schlaf gerissen hatte.

Wieso sollte er zum Tatort gehen, wenn er von hier aus die Straßen, die Häuser, die Eisenbahnbrücke, die einen dicken schwarzen Strich durch die Gegend zog, ebenso deutlich sah wie jene, die dort waren?

Nur Arme wohnten in diesem Quartier, junge Leute, die hofften, eines Tages fortzukommen, weniger junge, die langsam die Hoffnung verloren, noch weniger junge, fast schon alte, und schließlich die wirklich alten, die sich mit ihrem Schicksal abzufinden suchten.

Er rief erneut in Javel an.

»Ist Inspektor Gonesse noch da?«

»Er schreibt seinen Bericht. Soll ich ihn rufen?«

»Ja, bitte … Hallo? Gonesse? … Hier Lecœur … Tut mir leid, dass ich Sie störe … Waren Sie in der Wohnung meines Bruders? … Gut! War das Bett des Kindes gemacht? … Das beruhigt mich ein bisschen … Moment … Waren da Päckchen? … Genau … Wie bitte? Ein Huhn, eine Blutwurst, ein

Saint-Honoré-Törtchen und … Den Rest habe ich nicht verstanden … Ein kleines Radio? … Noch nicht ausgepackt? … Klar! … Janvier ist nicht da? … Er hat bereits bei der Kriminalpolizei angerufen? … Danke …«

Überrascht stellte er fest, dass es bereits halb zehn war. Sinnlos, die Umgebung der Étoile auf dem Stadtplan im Auge zu behalten. Wenn der Junge im selben Tempo weitergegangen war, musste er inzwischen schon in irgendeinem Vorort sein.

»Hallo? Kriminalpolizei? Ist Kommissar Saillard in seinem Büro?«

Auch er musste durch Janviers Anruf aus seiner warmen Wohnung gescheucht worden sein. Wie vielen Leuten würde dieser Fall das Weihnachtsfest verderben?

»Entschuldigen Sie meinen Anruf, Herr Kommissar. Es geht um den kleinen Lecœur.«

»Wissen Sie etwas darüber? Ist er mit Ihnen verwandt?«

»Er ist der Sohn meines Bruders. Wahrscheinlich ist er für das Einschlagen der Scheiben von sieben Notrufsäulen verantwortlich. Ich weiß nicht, ob man Zeit gefunden hat, Ihnen zu sagen, dass wir bei der Étoile seine Spur verloren haben. Ich möchte Sie um die Erlaubnis bitten, die Fahndung einzuleiten.«

»Können Sie nicht zu mir kommen?«

»Ich habe niemanden, der mich vertreten könnte.«
»Leiten Sie die Fahndung ein. Ich komme zu Ihnen.«

Lecœur blieb ruhig, doch seine Hand zitterte ein bisschen, als er mit dem Stöpsel hantierte.

»Bist du's, Justin? … Fahndung. Gib die Beschreibung des Jungen durch. Ich weiß nicht, wie er angezogen ist, aber wahrscheinlich trägt er seine khakifarbene Jacke, die wie eine amerikanische Militärjacke geschnitten ist. Er ist groß für sein Alter und ziemlich dünn … Nein, keine Mütze, er trägt nie eine. Die Haare hängen ihm in die Stirn. Vielleicht gibst du besser auch die Beschreibung seines Vaters durch. Das ist schon schwieriger. Du weißt ja, wie ich aussehe, oder? … Na schön, er ähnelt mir ein bisschen, aber er ist blasser. Er wirkt schüchtern und kränklich. Er ist der Typ, der es nicht wagt, in der Mitte des Bürgersteigs zu gehen, und an den Häusern entlangschleicht. Er humpelt ein wenig, weil er im letzten Krieg eine Kugel in den Fuß bekommen hat … Nein, ich habe nicht die geringste Ahnung, wohin die beiden wollen. Ich glaube nicht, dass sie zusammen unterwegs sind. Aller Wahrscheinlichkeit nach ist der Junge in Gefahr … Warum? Es würde zu lange dauern, dir das zu erklären. Leite die Fahndung ein. Und melde dich bei mir, wenn es was Neues gibt.«

Nach dem nächsten Telefongespräch tauchte

Kommissar Saillard auf, der inzwischen Zeit gehabt hatte, den Quai des Orfèvres zu verlassen, die Straße zu überqueren und durch die leeren Gebäude des Präsidiums zu gehen. Er war stattlich und trug einen dicken Mantel. Zur Begrüßung tippte er lediglich an den Rand seines Hutes, dann nahm er sich einen Stuhl, als wäre der federleicht, und setzte sich rittlings drauf.

»Was ist mit dem Jungen?«, sagte er schließlich und schaute Lecœur dabei starr an.

»Ich frage mich, wieso er nicht mehr anruft.«

»Anruft?«

»Aus welchem Grund hätte er sonst die Scheiben der Notrufsäulen einwerfen sollen, wenn nicht, um Aufmerksamkeit auf sich zu lenken?«

»Wenn er schon die Mühe auf sich genommen hat, sie zu zerschlagen, warum hat er dann nicht in den Apparat gesprochen?«

»Vielleicht wird er verfolgt? Oder er selbst folgt jemandem?«

»Daran habe ich auch schon gedacht. Sagen Sie mal, Lecœur, steckt Ihr Bruder nicht in der Klemme?«

»Ja, er ist arm.«

»Nur arm?«

»Er hat vor drei Monaten seine Stelle verloren.«

»Was für eine?«

»Er war Setzer bei *La Presse* in der Rue du Croissant. Er hat immer nachts gearbeitet. Scheint in der Familie zu liegen.«

»Und warum hat er seine Stelle verloren?«

»Wahrscheinlich, weil er sich mit jemand gestritten hat.«

»Kam das häufiger vor?«

Ein Anruf unterbrach sie. Er kam aus dem 18. Arrondissement, wo man soeben einen Jungen auf der Straße aufgelesen hatte, an der Ecke Rue Lepic. Er hatte Stechpalmenzweige verkauft. Ein kleiner Pole, der kein Wort Französisch sprach.

»Sie haben mich gefragt, ob er oft Streit hatte. Ich weiß nicht, was ich Ihnen antworten soll. Mein Bruder war fast sein ganzes Leben lang krank. Als wir klein waren, hielt er sich ständig in seinem Zimmer auf, ganz allein, und las. Er hat Berge von Büchern gelesen. Aber er ging nie regelmäßig zur Schule.«

»Ist er verheiratet?«

»Seine Frau ist nach zwei Jahren Ehe gestorben und hat ihn mit einem zehn Monate alten Kind zurückgelassen.«

»Hat er hat das Kind großgezogen?«

»Ja. Ich sehe ihn noch, wie er es badete, seine Windeln wechselte, ihm das Fläschchen zubereitete.«

»Das erklärt nicht, weshalb er sich gestritten hat.«

Natürlich! Im dicken Kopf des Kommissars hatten die Worte nicht dieselbe Bedeutung wie für Lecœur.

»War er verbittert?«

»Nicht sonderlich. Er hatte sich damit abgefunden.«

»Womit?«

»Nicht so zu leben wie die anderen. Vielleicht ist Olivier – so heißt mein Bruder – nicht sehr intelligent. Vielleicht versteht er von manchen Themen durch das viele Lesen zu viel. Und von anderen zu wenig.«

»Denken Sie, er könnte die alte Fayet umgebracht haben?«

Der Kommissar zog an seiner Pfeife. Man hörte den Telegrafisten oben umhergehen, und die anderen beiden im Zimmer taten so, als hörten sie nicht zu.

»Sie war seine Schwiegermutter«, seufzte Lecœur. »Irgendwann hätten Sie es ja eh erfahren.«

»Verstand er sich nicht mit ihr?«

»Sie hasste ihn.«

»Warum?«

»Sie beschuldigte ihn, ihre Tochter ins Unglück gestürzt zu haben. Es ging um eine Operation, die nicht rechtzeitig vorgenommen wurde. Es war nicht die Schuld meines Bruders, sondern die des Krankenhauses. Man hatte sich geweigert, seine Frau aufzunehmen, weil ihre Papiere nicht in Ordnung waren. Trotzdem hat die Alte meinen Bruder dafür verantwortlich gemacht.«

»Sie haben sich nie mehr getroffen?«

»Sie müssen sich gelegentlich auf der Straße begegnet sein. Sie wohnten ja im selben Quartier.«

»Wusste der Junge Bescheid?«

»Dass die alte Fayet seine Großmutter war? Ich glaube nicht.«

»Sein Vater hat es ihm nie gesagt?«

Lecœurs Blick blieb an der Wandkarte mit den Lämpchen haften, aber um diese Zeit war nicht viel los. Nur selten leuchtete eins auf, und wenn, dann fast immer wegen eines Verkehrsunfalls, eines Taschendiebstahls in der Metro oder eines Gepäckdiebstahls an der Gare de l'Est.

Keine Neuigkeiten von dem Jungen. Und dabei waren die Straßen von Paris fast menschenleer. In den einfachen Quartieren spielten ein paar Kinder mit ihren neuen Spielsachen auf dem Gehsteig, aber die Türen der meisten Häuser waren verschlossen und die Scheiben wegen der Hitze der Öfen beschlagen. Die Rollläden der Geschäfte waren heruntergelassen, und in den kleinen Bars waren bloß einige Stammgäste.

Nur die Glocken läuteten energisch über den Dächern, und Familien in Sonntagskleidern strömten in die Kirchen, aus denen das Dröhnen der Orgeln drang.

»Entschuldigen Sie mich einen Augenblick, Herr Kommissar? Der Junge geht mir einfach nicht aus dem Kopf. Natürlich kann er jetzt kaum noch unbemerkt Glasscheiben einschlagen. Aber vielleicht sollte man einen Blick in die Kirchen werfen. In einer Bar oder einem Café würde er auffallen, aber in einer Kirche …«

Er rief erneut Justin an.

»Die Kirchen, mein Alter! Lass die Kirchen überwachen. Und die Bahnhöfe. An die Bahnhöfe habe ich auch nicht gedacht.«

Er nahm seine Brille ab. Seine Lider waren gerötet, vielleicht bloß, weil er nicht geschlafen hatte.

»Hallo? Die Zentrale, ja … Wie? … Ja, der Kommissar ist hier.«

Er reichte Saillard den Hörer.

»Janvier möchte Sie sprechen.«

Draußen blies noch immer ein kalter Wind, und das Licht blieb kalt und unfreundlich, obwohl hinter der dichten Wolkendecke ein gelblicher Schimmer Sonne versprach.

Der Kommissar legte auf und brummte:

»Doktor Paul vermutet, dass das Verbrechen heute Morgen zwischen fünf und halb sieben begangen wurde. Die Alte ist nicht sofort erschlagen worden. Sie muss im Bett gelegen haben, als sie ein Geräusch gehört hat. Sie ist aufgestanden und hat dem Eindringling die Stirn geboten. Wahrscheinlich hat sie mit einem Schuh auf ihn eingeschlagen.«

»Hat man die Waffe gefunden?«

»Nein. Vermutlich handelt es sich um ein Stück Stahlrohr oder um ein stumpfes Werkzeug, vielleicht einen Hammer.«

»Hat man das Geld gefunden?«

»Nur ihr Portemonnaie mit ein paar kleinen Scheinen und ihrem Personalausweis. Sagen Sie, Lecœur, wussten Sie, dass diese Frau zu exorbitanten Zinsen Geld verlieh?«

»Ja, das wusste ich.«

»Haben Sie mir nicht gerade erzählt, dass Ihr Bruder seine Arbeit vor ungefähr drei Monaten verloren hat?«

»Das stimmt.«

»Die Concierge wusste nichts davon.«

»Sein Sohn auch nicht. Seinetwegen hat er mit niemandem darüber gesprochen.«

Der Kommissar, der sich offenbar unwohl fühlte, schlug die Beine übereinander und stellte sie gleich wieder nebeneinander. Er blickte zu den beiden anderen hinüber, die nicht anders konnten, als zuzuhören. Schließlich starrte er Lecœur verwirrt an.

»Ist Ihnen bewusst, alter Freund, dass …«

»Ja, das ist mir klar.«

»Haben Sie daran gedacht?«

»Nein.«

»Weil er Ihr Bruder ist?«

»Nein.«

»Seit wann treibt der Mörder sein Unwesen? Seit neun Wochen, nicht wahr?«

Lecœur zog bedächtig sein Notizbuch zurate, suchte nach einem Kreuz in einer bestimmten Spalte.

»Seit neuneinhalb Wochen. Der erste Mord wurde im Quartier des Epinettes am anderen Ende von Paris verübt.«

»Sie haben gesagt, dass Ihr Bruder seinem Sohn nicht gestanden hat, dass er arbeitslos war. Er ging also weiterhin aus dem Haus und kam zur üblichen Zeit zurück. Warum?«

»Um sein Gesicht zu wahren.«

»Wie meinen Sie das?«

»Das ist schwer zu erklären. Er ist kein gewöhnlicher Vater. Er hat das Kind ganz allein aufgezogen. Sie leben zu zweit, ein richtiger kleiner Haushalt, verstehen Sie? Mein Bruder bereitet tagsüber die Mahlzeiten zu und erledigt die Hausarbeit. Er bringt seinen Sohn zu Bett, bevor er fortgeht, weckt ihn, wenn er zurückkommt ...«

»Das erklärt nicht ...«

»Glauben Sie, so ein Mann möchte in den Augen seines Sohnes als armer Schlucker dastehen, dem alle Türen verschlossen bleiben, weil er unfähig ist, sich anzupassen?«

»Und was hat er während der letzten Monate nachts gemacht?«

»Zwei Wochen lang hatte er eine Stelle als Aufseher in einer Fabrik in Billancourt, aber nur als Aushilfe. Meistens hat er in Garagen Wagen gewaschen. Wenn er keine andere Arbeit finden konnte, schleppte er Gemüsekisten in den Halles. Wenn er seine Anfälle hatte ...«

»Was für Anfälle?«

»Asthma. Er bekam sie von Zeit zu Zeit. Dann legte er sich in den Wartesaal eines Bahnhofs. Einmal hat er die Nacht hier verbracht, um sich mit mir zu unterhalten.«

»Angenommen, der Junge hat heute früh seinen Vater bei der alten Fayet gesehen.«

»Auf den Fenstern war Raureif.«

»Nicht, wenn das Fenster einen Spalt offen stand. Viele Leute schlafen bei offenem Fenster, selbst im Winter.«

»Mein Bruder nicht. Er friert leicht, und sie können es sich nicht leisten, Wärme zu vergeuden.«

»Das Kind kann den Raureif mit den Fingernägeln abgekratzt haben. Als ich klein war, habe ich ...«

»Ich auch. Wir müssen herausbekommen, ob das Fenster der alten Fayet offen stand.«

»Das Fenster war offen, und das Licht brannte.«

»Ich frage mich, wo François sein könnte.«

»Der Junge?«

Es war erstaunlich, beinahe peinlich, dass er nur an das Kind dachte. Es war fast noch peinlicher, ihn so offen darüber sprechen zu hören, was seinen Bruder bedrückte.

»Als er heute Morgen nach Hause kam, hatte er die Arme voller Pakete. Haben Sie darüber nachgedacht?«

»Es ist Weihnachten.«

»Er hat Geld gebraucht, um ein Hühnchen, Kuchen und ein Radio zu kaufen. Hat er sich in letzter Zeit welches von Ihnen geliehen?«

»Seit einem Monat nicht. Ich hätte ihm abgeraten, François ein Radio zu kaufen. Ich habe hier nämlich eines in der Garderobe, das ich ihm nach Dienstschluss bringen wollte.«

»Wäre die alte Fayet bereit gewesen, ihrem Schwiegersohn Geld zu leihen?«

»Das ist unwahrscheinlich. Sie war eine merkwürdige Frau. Sie muss genügend Ersparnisse gehabt haben, um davon leben zu können, und doch hat sie von morgens bis abends als Putzfrau gearbeitet. Sie hat oft gegen hohe Zinsen Geld an die Leute verliehen, für die sie geputzt hat. Das ganze Quartier wusste Bescheid. Die Leute wandten sich an sie, wenn es zum Monatsende hin knapp wurde.«

Der Kommissar erhob sich. Ihm war immer noch unwohl.

»Ich werde hinfahren«, sagte er.

»Zu der Alten?«

»Zu der Alten und in die Rue Vasco-de-Gama. Wenn es was Neues gibt, rufen Sie mich an.«

»Die beiden Häuser haben kein Telefon. Ich werde beim Kommissariat eine Nachricht hinterlassen.«

Der Kommissar war bereits auf der Treppe, und die Tür hatte sich hinter ihm geschlossen, als es klingelte. Kein Lämpchen leuchtete. Der Anruf kam von der Gare d'Austerlitz.

»Lecœur? Hier ist der Kommissar vom Sonderdienst. Wir haben den Kerl.«

»Welchen Kerl?«

»Der, dessen Beschreibung wir bekommen haben. Er heißt Lecœur, wie Sie, Olivier Lecœur. Ich habe seinen Ausweis geprüft.«

»Augenblick mal.«

Er rannte zur Tür, stürzte die Treppe hinunter und holte im Hof Saillard ein, der in diesem Moment in einen kleinen Polizeiwagen stieg.

»Die Gare d'Austerlitz ist am Apparat. Sie haben meinen Bruder gefunden.«

Der schwergewichtige Kommissar stieg die Treppe ächzend wieder hinauf, griff nach dem Hörer.

»Hallo? Ja ... Wo war er? ... Was hat er gemacht? ... Was sagt er? ... Wie? ... Nein, es hat keinen Sinn, ihn jetzt zu befragen ... Sind Sie sicher, dass er es nicht weiß? ... Überwachen Sie den Bahnhof weiter ... Das ist gut möglich ... Und ihn selbst schicken Sie bitte sofort her ...«

Er zögerte und schaute Lecœur an.

»In Begleitung, ja. Das ist sicherer.«

Er ließ sich Zeit, seine Pfeife zu stopfen und anzuzünden, bevor er erklärte, anscheinend ohne sich an jemanden zu richten:

»Man hat ihn aufgegriffen, als er schon seit über einer Stunde durch die Wartesäle und über die Bahnsteige schlich. Er wirkte überreizt, redete von einer Nachricht seines Sohns. Er sagt, er hat dort auf ihn gewartet.«

»Hat man ihn vom Tod der Alten unterrichtet?«

»Ja. Er wirkte entsetzt. Sie bringen ihn.«

Zögernd setzte er hinzu:

»Ich hielt es für das Beste. Da Sie mit ihm verwandt sind, wollte ich nicht, dass Sie denken ...«

»Ich danke Ihnen.«

Lecœur saß seit elf Uhr abends in diesem Büro auf demselben Stuhl, und er fühlte sich wie früher als Kind in der Küche seiner Mutter. Um ihn herum stand alles still. Lämpchen leuchteten auf, er steckte Stöpsel in Buchsen, die Zeit verstrich unbemerkt. Und doch war draußen in Paris Weihnachten gefeiert worden, Tausende von Menschen hatten die Messe besucht, andere hatten lautstark in

Restaurants gefeiert, Betrunkene hatten die Nacht in der Arrestzelle verbracht und erwachten nun vor einem Kommissar, Kinder waren zum Weihnachtsbaum mit den brennenden Kerzen gestürzt …

Was hatte sein Bruder Olivier während dieser ganzen Zeit gemacht? Eine alte Frau war umgekommen, ein Junge war vor der Morgendämmerung durch die menschenleeren Straßen gerannt und hatte mit seiner in ein Taschentuch gewickelten Faust die Scheiben mehrerer Notrufsäulen eingeschlagen.

Worauf hatte Olivier so nervös und angespannt in den überhitzten Wartesälen und auf den zugigen Bahnsteigen der Gare d'Austerlitz gewartet?

Es waren keine zehn Minuten vergangen, Zeit genug für Godin mit seiner laufenden Nase, sich einen weiteren Grog zu machen.

»Möchten Sie einen, Herr Kommissar?«

»Nein danke.«

Verlegen flüsterte Saillard Lecœur zu:

»Sollen wir ihn lieber in einem anderen Raum befragen?«

Aber Lecœur hatte nicht die Absicht, seine Lämpchen und seine Vermittlungsanlage zu verlassen, die ihn mit sämtlichen Punkten von Paris verband. Sie hörten Schritte auf der Treppe. Olivier war von zwei Inspektoren flankiert, die ihm allerdings keine Handschellen angelegt hatten.

Er sah aus wie ein schlechtes, verblasstes Foto von André. Sein Blick glitt sofort zu seinem Bruder.

»Was ist mit François?«

»Wir wissen noch nichts. Wir suchen ihn.«

»Wo?«

Lecœur konnte nur auf den Stadtplan und auf seine Vermittlungsanlage mit den unzähligen Buchsen zeigen.

»Überall.«

Der Kommissar hatte die beiden Inspektoren bereits weggeschickt und sagte:

»Setzen Sie sich. Man hat Ihnen gesagt, dass die alte Fayet tot ist, nicht wahr?«

Olivier trug keine Brille, aber er hatte die gleichen matten Augen, den gleichen ausweichenden Blick wie sein Bruder, wenn der seine Brille abnahm, sodass es aussah, als hätte er geweint. Er warf dem Kommissar einen flüchtigen Blick zu, ohne ihm Beachtung zu schenken.

»Er hat mir einen Zettel hingelegt«, sagte er und kramte in den Taschen seines alten Mantels. »Verstehst du das?«

Er hielt schließlich ein Stück Papier in der Hand, das aus einem Schulheft herausgerissen war. Die Schrift war unregelmäßig. Der Junge gehörte wohl nicht zu den besten Schülern seiner Klasse. Er hatte einen violetten Farbstift benutzt, dessen Spitze er angefeuchtet hatte, sodass er jetzt vermutlich einen Fleck auf seiner Lippe hatte.

Onkel Gédéon kommt heute Morgen an der Gare d'Austerlitz an. Komm schnell nach. Kuss.
Bib

Wortlos reichte André Lecœur dem Kommissar den Zettel, der ihn mehrmals zwischen seinen dicken Fingern drehte.

»Wieso Bib?«

»Das ist mein Kosename für ihn. So habe ich ihn schon genannt, als ich ihm noch das Fläschchen gegeben habe. Vor anderen Leuten darf ich ihn nicht so nennen, das wäre ihm peinlich.«

Er sprach mit neutraler, sachlicher Stimme. Wahrscheinlich sah er um sich herum nur eine Art Nebel, in dem sich Gestalten bewegten.

»Wer ist Onkel Gédéon?«

»Den gibt es nicht.«

War ihm eigentlich klar, dass er hier mit dem Leiter der Mordkommission sprach, der die Ermittlung eines Verbrechens leitete?

Sein Bruder erklärte:

»Genauer gesagt, es gibt ihn nicht mehr. Ein Bruder unserer Mutter. Er ist als junger Mann nach Amerika ausgewandert.«

Olivier sah ihn an, als wollte er sagen:

»Wozu erzählst du das alles?«

»Zu Hause haben wir oft scherzhaft gesagt: ›Eines Tages werden wir Onkel Gédéon beerben.‹«

»War er reich?«

»Keine Ahnung. Er ließ nie was von sich hören. Nur eine Neujahrskarte, die mit *Gédéon* unterschrieben war.«

»Ist er gestorben?«

»Ja, als Bib vier Jahre alt war.«

»Glaubst du, das bringt uns weiter, André?«

»Die Fahndung läuft. Lass mich nur machen. Mein Bruder hat die Familientradition fortgesetzt und seinem Sohn von Onkel Gédéon erzählt. Er war zu einer Art Legende geworden. Jeden Abend vor dem Schlafengehen bat der Junge um eine Geschichte über Onkel Gédéon, und wir erfanden zahlreiche Abenteuer. Natürlich war er sagenhaft reich, und wenn er zurückkommen würde ...«

»Ich glaube, ich verstehe. Wo ist er gestorben?«

»In einem Krankenhaus in Cleveland. Da hat er als Tellerwäscher in einem Restaurant gearbeitet. Wir haben es dem Jungen nie gesagt. Wir haben die Geschichte weitergesponnen.«

»Hat er sie geglaubt?«

Der Vater mischte sich schüchtern ein. Beinahe hätte er wie in der Schule mit dem Finger aufgezeigt.

»Mein Bruder denkt, der Kleine hat alles durchschaut und dass es nur noch ein Spiel für ihn ist. Ich bin mir aber ziemlich sicher, dass er immer noch daran glaubt. Als ihm seine Freunde einmal erzählt haben, es gebe keinen Weihnachtsmann, hat er ihnen zwei Jahre lang widersprochen.«

Wenn er von seinem Sohn sprach, lebte er auf, seine Züge veränderten sich.

»Ich verstehe nicht, warum er mir diesen Zettel geschrieben hat. Ich habe die Concierge gefragt, ob ein Telegramm gekommen ist. Einen Augenblick lang dachte ich, dass uns André einen Streich gespielt hat. Wieso hat François die Wohnung um sechs Uhr morgens verlassen und mich aufgefordert, ihn an der Gare d'Austerlitz zu treffen? Ich bin wie ein Verrückter dorthin gerast. Ich habe ihn überall gesucht. Die ganze Zeit habe ich gehofft, dass er auftaucht. Sag mal, André, bist du ganz sicher, dass ...«

Er sah auf die Wandkarte, die Vermittlungsanlage. Er wusste, dass alle Katastrophen, alle Unfälle in Paris unweigerlich hier gemeldet wurden.

»Sie haben ihn nicht gefunden«, sagte Lecœur. »Er wird weiter gesucht. Um acht war er bei der Étoile.«

»Woher weißt du das? Hat ihn jemand gesehen?«

»Das ist schwer zu erklären. Auf dem ganzen Weg von deinem Haus bis zum Arc de Triomphe hat jemand die Scheiben der Notrufsäulen eingeschlagen. Neben der letzten Säule wurde ein Kindertaschentuch mit blau-weißem Karomuster gefunden.«

»Er hat blau-weiß karierte Taschentücher.«

»Seit acht Uhr haben wir nichts mehr gehört.«

»Dann muss ich sofort zum Bahnhof zurück. Da wird er unweigerlich hingehen. Da hat er mich ja hinbestellt.«

Er staunte über das Schweigen, das plötzlich herrschte, schaute alle der Reihe nach an, erst verblüfft, dann besorgt.

»Was ...«

Sein Bruder senkte den Kopf, während der Kommissar erst hüstelte und dann zögerlich fragte:

»Haben Sie gestern Nacht Ihre Schwiegermutter besucht?«

Vielleicht war er, wie sein Bruder angedeutet hatte, wirklich etwas schwer von Begriff. Die Worte brauchten eine Weile, um sein Gehirn zu erreichen. Und beinahe konnte man seinem Gesicht den langsamen Fortgang seiner Gedanken ansehen.

Er löste den Blick vom Kommissar und wandte sich seinem Bruder zu, plötzlich hochrot und mit blitzenden Augen, und schrie:

»André! Hast du es gewagt ...«

Ebenso plötzlich ließ seine Erregung nach, er

beugte sich auf seinem Stuhl nach vorn, vergrub das Gesicht in den Händen und brach in ein heiseres Schluchzen aus.

III

Kommissar Saillard sah peinlich berührt zu André Lecœur, erstaunt über dessen Ruhe. Vielleicht nahm er ihm die vermeintliche Gleichgültigkeit auch ein bisschen übel. Hatte Saillard vielleicht keinen Bruder? Lecœur kannte solche Anfälle seines Bruders von frühster Kindheit. In diesem Fall war er fast erleichtert, denn es hätte viel schlimmer ablaufen können. Statt der Tränen, statt dieser niedergeschlagenen Resignation, dieses Stumpfsinns, hätten sie es auch mit einem aufgebrachten, wütenden Olivier zu tun haben können, der jeden mit einer Schimpftirade bedacht hätte.

Hatte er so nicht die meisten seiner Anstellungen verloren? Über Wochen, Monate hinweg konnte er sich unterordnen, die Erniedrigungen schlucken, in seinem Kummer schwelgen, und dann auf einmal, wenn man es am wenigsten erwartete, fast immer wegen einer Nichtigkeit, wegen eines beiläufigen Worts, eines Grinsens, wegen einer unerheblichen Meinungsverschiedenheit, in die Luft gehen.

»Was soll ich machen?«, fragte der Blick des Kommissars.

Und André Lecœurs Augen erwiderten:
»Abwarten.«

Es dauerte nicht lange. Das Schluchzen wurde, wie bei einem Kind, immer schwächer, erstarb fast, setzte für einen Augenblick noch stärker ein. Dann schniefte Olivier, wagte einen Blick in die Runde, schien noch ein bisschen zu schmollen und verbarg sein Gesicht.

Schließlich raffte er sich auf, verbittert, resigniert, und sagte nicht ohne Stolz:

»Stellen Sie Ihre Fragen, ich werde antworten.«

»Wann sind Sie gestern Abend zu Madame Fayet gegangen? Moment, sagen Sie mir zuerst, wann Sie Ihre Wohnung verlassen haben.«

»Um acht Uhr, wie gewöhnlich, gleich nachdem ich meinen Sohn zu Bett gebracht hatte.«

»Und vorher war nichts Ungewöhnliches passiert?«

»Nein. Wir haben gegessen. Er hat mir beim Geschirrspülen geholfen.«

»Haben Sie über Weihnachten gesprochen?«

»Ja. Ich habe angedeutet, dass ihn eine Überraschung erwartet, wenn er aufwacht.«

»Hat er mit einem Radio gerechnet?«

»Er wünschte sich seit Langem eins. Er spielt nicht auf der Straße, hat keine Freunde, verbringt seine ganze Freizeit zu Hause.«

»Ist Ihnen nie der Gedanke gekommen, Ihr Sohn

könnte vielleicht wissen, dass Sie Ihren Arbeitsplatz bei *La Presse* verloren haben? Hat er Sie nie dort angerufen?«

»Nie. Wenn ich bei der Arbeit war, schlief er.«

»Und niemand hätte es ihm sagen können?«

»Niemand im Quartier weiß davon.«

»Ist er aufmerksam?«

»Nichts, was um uns herum geschieht, entgeht ihm.«

»Sie haben ihn ins Bett gebracht und sind gegangen. Haben Sie nichts zu essen mitgenommen?«

Dem Kommissar war der Gedanke gekommen, als er Godin ein Schinkensandwich auswickeln sah. Daraufhin schaute Olivier Lecœur auf seine leeren Hände und murmelte:

»Meine Dose!«

»Die Dose, in der Sie immer Ihr Essen mitnahmen?«

»Ja. Gestern Abend hatte ich sie bei mir, ich bin ganz sicher. Es gibt nur einen Ort, wo ich sie gelassen haben kann ...«

»Bei der alten Fayet?«

»Ja.«

»Moment mal ... Lecœur, verbinden Sie mich mit Javel ... Hallo? ... Mit wem spreche ich? ... Ist Janvier da? ... Würden Sie ihn bitte rufen? ... Bist du's, Janvier? ... Hast du die Wohnung der Alten durchsucht? ... Ist dir dabei eine Blechdose mit Essen aufgefallen? ... Nichts dergleichen? ... Bist du sicher? ... Ja, das wäre mir lieber ... Ruf mich zurück, sobald du nachgesehen hast ... Es ist wichtig ...«

Er wandte sich an Olivier:

»Schlief Ihr Sohn, als Sie weggingen?«

»Noch nicht ganz. Ich habe ihm einen Gutenachtkuss gegeben, dann schlenderte ich durchs Quartier, ging bis zur Seine. Ich habe mich auf die Brüstung gesetzt und gewartet.«

»Gewartet? Worauf?«

»Dass der Junge fest schlief. Von unserer Wohnung aus kann man die Fenster von Madame Fayet sehen.«

»Sie hatten beschlossen, zu ihr zu gehen?«

»Es blieb mir nichts anderes übrig. Ich hatte nicht mal Geld für die Metro.«

»Und Ihr Bruder?«

Die beiden Lecœurs sahen einander an.

»Ich habe ihn in letzter Zeit um so viel Geld gebeten. Da wird kaum noch etwas übrig sein.«

»Haben Sie an der Tür geklingelt? Um wie viel Uhr war das?«

»Kurz nach neun. Die Concierge hat mich vorbeigehen sehen. Ich habe mich nicht versteckt, nur vor meinem Sohn.«

»War Ihre Schwiegermutter schon im Bett?«

»Nein. Sie hat mir die Tür geöffnet und gesagt:

›Du bist das, du Schuft!‹«

»Wussten Sie, dass sie Ihnen dennoch Geld geben würde?«

»Ich war mir ziemlich sicher.«

»Warum?«

»Ich brauchte ihr nur einen großen Gewinn zu versprechen. Sie konnte nicht widerstehen. Ich habe ihr schriftlich bestätigt, dass ich ihr das Doppelte des Betrags schulde.«

»Wann sollte das Geld zurückgezahlt werden?«

»In vierzehn Tagen.«

»Und wie wollten Sie das anstellen?«

»Das weiß ich nicht. Irgendwie hätte ich es schon geschafft. Mein Sohn sollte ein frohes Weihnachtsfest haben.«

André Lecœur hätte seinen Bruder am liebsten unterbrochen, um dem erstaunten Kommissar zu sagen:

»So war er schon immer.«

»Haben Sie das Geld schnell bekommen?«

»Nein. Wir haben lange verhandelt.«

»Wie lange ungefähr?«

»Eine halbe Stunde. Sie hat mich daran erinnert, dass ich nichts tauge, dass ich ihrer Tochter nichts als Unglück gebracht hätte und Schuld an ihrem Tod sei. Ich habe nicht geantwortet. Ich wollte das Geld.«

»Haben Sie sie bedroht?«

Er errötete, senkte den Kopf, stammelte:

»Ich habe ihr gesagt, wenn ich das Geld nicht bekäme, würde ich mich umbringen.«

»Hätten Sie das getan?«

»Ich glaube nicht. Ich weiß nicht. Ich war sehr müde, ziemlich entmutigt.«

»Und als Sie das Geld hatten?«

»Da bin ich zu Fuß zur Station Beaugrenelle gegangen. Am Palais Royal bin ich raus aus der Metro und in die Grands Magasins du Louvre gegangen. Da war es sehr voll. Man musste überall Schlange stehen.«

»Wann war das?«

»Gegen elf. Ich war nicht in Eile. Ich wusste, dass das Kaufhaus die ganze Nacht auf ist. Es war dort warm. Eine elektrische Eisenbahn lief.«

Sein Bruder lächelte dem Kommissar flüchtig zu.

»Sie haben nicht gemerkt, dass Sie Ihre Dose mit dem Essen liegen gelassen hatten?«

»Ich dachte nur an Bibs Weihnachtsgeschenk.«

»Kurz, Sie waren aufgeregt, weil sie Geld in der Tasche hatten?«

Der Kommissar begriff rasch, auch ohne Olivier als Kind gekannt zu haben. Wenn er nichts in den Taschen hatte, war er deprimiert und schlich mit hängenden Schultern an den Hausmauern entlang. Sobald er ein paar Scheine auf sich trug, war er zuversichtlich, ja leichtsinnig.

»Sie haben gesagt, Sie hätten Ihrer Schwiegermutter einen Schuldschein unterschrieben. Was hat sie damit gemacht?«

»Sie hat ihn in eine alte Brieftasche gesteckt, die sie immer bei sich trug, in einer Tasche, die an ihrem Hüftgürtel unter dem Rock befestigt war.«

»Kannten Sie diese Brieftasche?«

»Ja. Jeder kennt sie.«

Der Kommissar wandte sich zu André Lecœur.

»Sie wurde nicht gefunden.«

Und dann wieder zu Olivier:

»Sie haben das Radio gekauft, ein Hühnchen und Kuchen. Wo?«

»In der Rue Montmartre, in einem Laden, den ich kenne, neben einem Schuhgeschäft.«

»Was haben Sie den Rest der Nacht gemacht? Wie spät war es, als Sie den Laden in der Rue Montmartre verlassen haben?«

»Fast Mitternacht. Die Leute strömten aus den Theatern und den Kinos und eilten in die Restaurants. Es gab viele fröhliche Gruppen, viele Paare.«

Da hatte sein Bruder bereits hier vor seiner Vermittlungsanlage gesessen.

»Ich war auf den Grands Boulevards, in der Nähe des Crédit Lyonnais, meine Pakete in der Hand, als die Glocken zu läuten begannen. Die Leute haben sich auf der Straße umarmt.«

Saillard konnte es sich nicht verkneifen, eine ebenso alberne wie grausame Frage zu stellen:

»Und Sie hat niemand umarmt?«

»Nein.«

»Hatten Sie ein Ziel?«

»Ja. An der Ecke Boulevard des Italiens gibt es ein Non-Stopp-Kino, das die ganze Nacht geöffnet hat.«

»Waren Sie schon mal dort gewesen?«

Etwas verlegen antwortete er und wich dabei dem Blick seines Bruders aus.

»Zwei- oder dreimal. Es kostet nicht mehr als eine Tasse Kaffee in einer Bar, und man kann so lange bleiben, wie man will. Es ist warm da drin. Manche Leute gehen hin, um zu schlafen.«

»Wann haben Sie beschlossen, die Nacht in dem Kino zu verbringen?«

»Als ich das Geld hatte.«

Und der andere Lecœur, der ruhige, gewissenhafte Mann von der Vermittlungsanlage, hätte dem Kommissar am liebsten erklärt:

»Sehen Sie, diese armen Leute sind nicht so unglücklich, wie man denkt. Sonst würden sie es nicht aushalten. Sie leben in ihrer eigenen Welt, und in den Winkeln dieser Welt finden auch sie ein paar kleine Freuden.«

Er erkannte seinen Bruder nur zu gut wieder: Kaum hatte er sich ein bisschen Geld geliehen –

und der Himmel wusste, wie er es je zurückzahlen würde –, hatte er seine Sorgen vergessen und nur an das Glück seines Sohns am nächsten Morgen gedacht, sich selbst aber trotzdem eine kleine Belohnung gegönnt!

Er war allein ins Kino gegangen, während sich Familien um üppig gedeckte Tische versammelten, Massen von Menschen in Nachtlokalen tanzten und andere seelische Erhebung im Halbdunkel einer Kirche fanden, in der Kerzen flackerten.

Kurz, er hatte sein eigenes Weihnachten verbracht, ein Weihnachtsfest auf seine Art.

»Wann haben Sie das Kino verlassen?«

»Kurz vor sechs Uhr, um die Metro zu nehmen.«

»Welchen Film haben Sie gesehen?«

»*Brennende Herzen.* Außerdem wurde ein Dokumentarfilm über das Leben der Eskimos gezeigt.«

»Haben Sie die Vorstellung nur einmal gesehen?«

»Zweimal, und die Wochenschau, die erneut lief, als ich gegangen bin.«

André Lecœur wusste, dass man das überprüfen würde, wenn auch nur aus Routine. Aber das war nicht nötig. Sein Bruder kramte in seinen Taschen und zog eine durchgerissene Eintrittskarte und ein weiteres, rosafarbenes Stück Papier hervor.

»Hier! Da ist auch meine Metrokarte.«

Darauf vermerkt waren Datum, Uhrzeit und der

Stempel der Station Opéra, wo sie ausgestellt worden war.

Olivier hatte nicht gelogen. Er konnte zwischen fünf und halb sieben nicht in der Wohnung der alten Fayet gewesen sein.

Es lag nun eine Spur Herausforderung, ja sogar ein wenig Verachtung in seinem Blick. Er schien ihnen sagen zu wollen, seinen Bruder eingeschlossen:

»Weil ich ein armer Teufel bin, habt ihr mich verdächtigt. Das ist immer so. Ich kann es euch nicht verübeln.«

Seltsam, plötzlich schien es kälter geworden zu sein in dem großen Raum, wo einer der Angestellten gerade mit dem Kommissariat eines Vororts wegen eines gestohlenen Wagens telefonierte.

Das lag wahrscheinlich daran, dass nun, da Lecœur entlastet war, alle Gedanken wieder um das Kind kreisten. Unwillkürlich wanderten die Blicke zu dem Stadtplan, an dem die Lämpchen schon seit einer Weile nicht mehr aufleuchteten.

Es geschah rein gar nichts. An anderen Tagen hätte es von Zeit zu Zeit einen Verkehrsunfall gegeben, meistens alte Damen, die an den belebten Kreuzungen von Montmartre oder in einem der dichtbevölkerten Quartiere angefahren wurden.

Heute waren die Straßen fast leer, wie im August, wenn die meisten Pariser auf dem Land oder am Meer sind.

Es war halb zwölf. Seit über drei Stunden hatten sie nichts mehr von dem Jungen gehört, kein Lebenszeichen von ihm erhalten.

»Hallo? Ja … Ich höre, Janvier … Du sagst, es sei keine Dose in der Wohnung gefunden worden? … Na gut … Hast du die Kleidungsstücke der Toten selbst durchsucht? … Das hat Gonesse bereits getan? … Bist du sicher, dass sie unter ihrem Rock keine alte Brieftasche trug? … Hat man dir davon erzählt? … Die Concierge hat gestern Abend gegen halb zehn jemand hinaufgehen sehen? … Ich weiß, wer das war … Und dann? … Die ganze Nacht über gingen Leute ein und aus? … Natürlich … Könntest du noch mal hinfahren? … Zu dem hinteren Haus, ja … Ich wüsste gern, ob es während der Nacht Lärm gegeben hat, vor allem im dritten Stock … Ruf mich zurück, genau …«

Er wandte sich zu dem Vater, der regungslos auf seinem Stuhl saß, schicksalsergeben wie im Wartezimmer eines Arztes.

»Verstehen Sie den Grund meiner Frage? … Wacht Ihr Sohn im Laufe der Nacht mitunter auf?«

»Manchmal schlafwandelt er.«

»Steht er auf, geht er umher?«

»Nein. Er richtet sich im Bett auf und ruft. Es ist immer das Gleiche. Er glaubt, das Haus würde brennen. Seine Augen sind geöffnet, aber er sieht nichts. Dann, ganz allmählich, wird sein Blick normal, und er legt sich mit einem tiefen Seufzer wieder hin. Am nächsten Tag kann er sich an nichts erinnern.«

»Schläft er noch, wenn Sie morgens zurückkehren?«

»Nicht immer. Aber selbst wenn er nicht schläft, stellt er sich schlafend, damit ich ihn mit einem Kuss wecke und ihn in die Nase kneife. Das ist ein zärtliches Kneifen, verstehen Sie?«

»Vermutlich waren die Nachbarn letzte Nacht lauter als gewöhnlich. Wer wohnt auf Ihrem Stockwerk?«

»Ein Tscheche, der in der Autofabrik arbeitet.«

»Ist er verheiratet?«

»Ich weiß nicht. Es gibt so viele Leute im Haus, und die Mieter wechseln so oft, dass man sie kaum kennt. Samstags lädt der Tscheche immer ein halbes Dutzend Freunde ein, um zu trinken und Lieder aus seiner Heimat zu singen.«

»Janvier wird uns anrufen und sagen, ob das gestern auch so war. Wenn ja, könnte das Ihren Sohn geweckt haben. Auf jeden Fall dürfte er aufgeregt gewesen sein, wegen der versprochenen Überraschung. Falls er aufgestanden ist, dann ist er womöglich automatisch zum Fenster gegangen und hat Sie bei der alten Fayet gesehen. Ahnte er, dass sie Ihre Schwiegermutter war?«

»Nein. Er mochte sie nicht. Er nannte sie ›die

Wanze‹. Er ist ihr oft auf der Straße begegnet und hat gesagt, sie würde nach zerquetschten Wanzen riechen.«

Das Kind musste sich damit auskennen, denn in der Bruchbude, in der sie wohnten, gab es bestimmt genug von diesen Viechern.

»Wäre er überrascht gewesen, Sie bei ihr zu sehen?«

»Sicherlich.«

»Wusste er, dass sie Geld verlieh?«

»Alle wussten es.«

Der Kommissar wandte sich an den anderen Lecœur.

»Glauben Sie, dass heute jemand bei *La Presse* ist?«

Der ehemalige Setzer antwortete:

»Da ist immer jemand.«

»Dann rufen Sie an. Versuchen Sie herauszubekommen, ob jemand nach Olivier Lecœur gefragt hat.«

Jener wandte erneut den Kopf ab. Bevor sein Bruder das Telefonbuch geöffnet hatte, nannte er schon die Nummer der Druckerei. Während des Anrufs blieb ihnen nichts weiter übrig, als einander anzusehen und dann auf die Lämpchen zu blicken, die einfach nicht aufleuchten wollten.

»Es ist sehr wichtig, Mademoiselle. Vielleicht geht es um Leben und Tod … Aber ja doch! …

Bitte bemühen Sie sich, alle zu fragen, die gerade da sind ... Was sagen Sie? Ich kann es nicht ändern! Für mich ist auch Weihnachten, und ich rufe Sie trotzdem an ...«

»Dumme Gans!«, stieß er zwischen den Zähnen hervor.

Und wieder warteten sie, während aus dem Apparat das Klappern der Setzmaschinen zu hören war.

»Hallo? ... Wann? ... Vor drei Wochen? ... Ein Kind, ja ...«

Der Vater war ganz bleich geworden und starrte auf seine Hände.

»Er hat nicht angerufen? Er ist persönlich vorbeigekommen? ... Um wie viel Uhr? ... An einem Donnerstag? Und dann? ... Er hat gefragt, ob Olivier Lecœur in der Druckerei arbeitet ... Wie? ... Was hat man ihm geantwortet? ...«

Sein Bruder blickte auf, sah, dass er errötete und wütend den Hörer auflegte.

»Dein Sohn war an einem Donnerstagnachmittag da ... Er muss etwas geahnt haben ... Man hat ihm geantwortet, dass du schon seit ein paar Wochen nicht mehr bei *La Presse* arbeitest.«

Wieso die Worte wiederholen, die er eben vernommen hatte? Man hatte dem Kleinen gesagt:

»Diesen Trottel haben wir schon vor einiger Zeit vor die Tür gesetzt.«

Vielleicht war es nicht einmal grausam gemeint gewesen. Wahrscheinlich hatten sie nicht gewusst, dass sie seinen Sohn vor sich hatten.

»Begreifst du langsam, Olivier?«

Jener ging jeden Abend fort, nahm seine Brote mit, erzählte von seiner Setzerei in der Rue du Croissant, und der Junge wusste, dass er log.

Musste man daraus nicht schließen, dass er auch die Wahrheit über den berühmten Onkel Gédéon gekannt hatte?

Er hatte das Spiel mitgespielt.

»Und ich verspreche ihm noch ein Radio ...«

Sie wagten kaum zu sprechen, weil jedes Wort erschreckende Bilder heraufbeschwören konnte.

Selbst diejenigen, die noch nie in der Rue Vasco-de-Gama gewesen waren, stellten sich nun die schäbige Wohnung vor, den zehnjährigen Jungen, der dort stundenlang allein zubrachte, diesen seltsamen Haushalt von Vater und Sohn, die sich aus Angst, den anderen zu verletzen, gegenseitig belogen.

Man musste sich diese Situation aus der Sicht eines Kindes vorstellen: Der Vater geht weg, nachdem er sich über das Bett gebeugt und den Sohn auf die Stirn geküsst hat, und überall wird Weihnachten gefeiert, die Nachbarn trinken und singen aus voller Kehle.

»Morgen früh gibt es eine Überraschung.«

Das konnte nur das lang ersehnte Radio sein, und Bib wusste, wie viel das kostete.

Wusste er an diesem Abend auch, dass die Brieftasche seines Vaters leer war?

Der Vater verließ die Wohnung, als ginge er zur Arbeit, aber diese Arbeit gab es nicht.

Hatte der Junge versucht einzuschlafen? Gegenüber, auf der anderen Seite des Hofs, ragte eine riesige Mauer empor, mit hell erleuchteten Fenstern, und hinter diesen Fenstern spielte sich ein buntes Leben ab.

Hatte er sich im Nachthemd auf die Fensterbank gestützt, um hinauszuschauen?

Sein Vater, der kein Geld hatte, wollte ihm ein Radio kaufen.

Der Kommissar seufzte, klopfte seine Pfeife gegen den Schuhabsatz und leerte sie über dem Boden aus.

»Es ist mehr als wahrscheinlich, dass er Sie bei der Alten gesehen hat.«

»Ja.«

»Eine Sache werde ich nachher überprüfen. Sie wohnen im dritten Stock, und die Alte lebte im Zwischengeschoss. Vermutlich ist nur ein Teil des Zimmers von Ihrem Fenster aus zu sehen.«

»Stimmt.«

»Hätte Ihr Sohn sehen können, wie Sie das Zimmer verließen?«

»Nein! Die Tür ist ganz hinten im Zimmer.«

»Sind Sie zum Fenster gegangen?«

»Ja, ich habe mich sogar auf die Fensterbank gesetzt.«

»Ein Detail, das wichtig sein könnte: War dieses Fenster einen Spaltbreit geöffnet?«

»Ja. Ich weiß noch, dass es sich anfühlte, als hätte ich eine kalte Stange im Rücken. Meine Schwiegermutter hat immer bei offenem Fenster geschlafen, Sommer wie Winter. Sie kam vom Land. Kurz nach unserer Hochzeit wohnte sie eine Zeit lang bei uns.«

Der Kommissar wandte sich an den Mann vor der Anlage.

»Haben Sie auch daran gedacht, Lecœur?«

»An den Raureif auf der Fensterscheibe? Ich denke seit heute Morgen daran. Wenn das Fenster offen stand, war der Temperaturunterschied nicht groß genug, um Raureif zu erzeugen.«

Ein Anruf. Der Stöpsel verschwand in einem der Löcher.

»Ja … Was sagen Sie? … Ein Junge? …«

Alle schauten ihn gespannt an.

»Ja … Ja … Wie bitte? … Ja, bitte. Schicken Sie alle Fahrradstreifen los, damit sie das Quartier durchkämmen … Ich kümmere mich um den Bahnhof … Wie lange ist das her? … Eine halbe Stunde? … Hätte er uns nicht früher Bescheid sagen können?«

Ohne sich mit Erklärungen aufzuhalten, steckte Lecœur den Stöpsel in ein anderes Loch.

»Gare du Nord? ... Mit wem spreche ich? ... Bist du's, Lambert? ... Hör zu, das ist sehr dringend ... Lass den Bahnhof gründlich durchsuchen ... Man soll alle Räume, alle Bahnsteige überwachen ... Frag die Angestellten, ob sie einen zehnjährigen Jungen gesehen haben, bei den Schaltern oder sonst wo ... Was? ... Ob er in Begleitung ist? ... Egal ... Das ist gut möglich ... Schnell! ... Halt mich auf dem Laufenden ... Natürlich, greift ihn euch ...«

»In Begleitung?«, wiederholte sein Bruder verblüfft.

»Warum nicht? Alles ist möglich. Vielleicht ist er es nicht, aber wenn doch, sind wir eine halbe Stunde zu spät ... Ein Lebensmittelhändler in der Rue de Maubeuge, auf Höhe der Gare du Nord, mit einem Tisch im Freien, hat gesehen, wie ein Junge zwei Orangen aus der Auslage genommen hat und weggerannt ist ... Er ist ihm nicht nachgelaufen ... Erst nach einer Weile, als ein Polizist vorbeikam, hat er es gemeldet.«

»Hatte Ihr Sohn Geld in der Tasche?«, fragte der Kommissar. »Nein? Überhaupt keins? Besitzt er keine Sparbüchse?«

»Er hat eine, aber das wenige, was drin war, habe ich vor zwei Tagen an mich genommen, unter dem

Vorwand, ich wolle keinen großen Schein wechseln.«

Wie wichtig diese Details auf einmal geworden waren!

»Glauben Sie nicht, es wäre besser, wenn ich selbst zur Gare du Nord fahren würde?«

»Nein, das bringt nichts, es kann sein, dass wir Sie hier brauchen.«

Sie waren ein bisschen wie Gefangene dieses Raums, dieser großen Karte mit den Lämpchen, der Vermittlungsanlage, die sie mit sämtlichen Punkten von Paris verband. Was auch immer geschah, hier würden sie zuerst davon erfahren. Das wusste auch der Kommissar, der deshalb nicht in sein Büro zurückkehrte und sich schließlich dazu entschloss, seinen dicken Mantel auszuziehen, als gehörte auch er jetzt zur Zentrale.

»Er konnte also weder die Metro noch einen Bus nehmen. Er konnte sich auch nicht in ein Café setzen oder in eine öffentliche Telefonkabine gehen, um zu telefonieren. Seit sechs Uhr morgens hat er nichts mehr gegessen.«

»Aber was macht er nur?«, rief der Vater, der wieder aufbrauste. »Und warum hat er mich zur Gare d'Austerlitz bestellt?«

»Wahrscheinlich, um Ihnen zur Flucht zu verhelfen«, sagte Saillard leise.

»Zur Flucht, mir?«

»Hören Sie zu, mein Freund …« Der Kommissar hatte vergessen, dass er es mit dem Bruder von Inspektor Lecœur zu tun hatte, und redete mit ihm wie mit einem seiner »Kunden«.

»Der Junge weiß, dass Sie keine Stelle haben, dass Sie pleite sind, und dennoch versprechen Sie ihm ein prächtiges Weihnachtsfest …«

»Meine Mutter hat für Weihnachten auch monatelang verzichtet …«

»Ich werfe es Ihnen ja nicht vor. Ich stelle nur eine Tatsache fest. Er stützt sich mit den Ellbogen auf die Fensterbank und sieht Sie bei einer alten Hexe, die Geld verleiht. Was schließt er daraus?«

»Ich verstehe.«

»Er denkt, dass Sie sich bei ihr Geld geliehen haben. Gut. Vielleicht ist er gerührt oder bedrückt, ich weiß es nicht. Er kehrt ins Bett zurück, schläft wieder ein.«

»Glauben Sie?«

»Da bin ich fast sicher. Wenn er um halb zehn Uhr abends entdeckt hätte, was er um sechs Uhr morgens entdeckt hat, wäre er nicht so ruhig in seinem Zimmer geblieben.«

»Ich verstehe.«

»Er schläft also wieder ein. Vielleicht denkt er mehr an sein Radio als daran, wie Sie sich Geld beschafft haben. Sie selbst sind ja auch ins Kino gegangen. Er träumt fieberhaft, wie alle Kinder an Weihnachten. Er erwacht früher als sonst, es ist noch dunkel, und als Erstes bemerkt er, dass die Scheiben mit Eisblumen bedeckt sind. Vergessen Sie nicht, dass es der erste Raureif des Winters ist. Er will sie sich näher ansehen, sie berühren ...«

Der andere Lecœur, der an der Vermittlungsanlage, der mit den Kreuzchen im Notizbuch, lächelte schwach. Anscheinend war der große Kommissar nicht so weit von seiner Kindheit entfernt, wie man meinen mochte.

»Er kratzt mit den Fingernägeln daran ...«

»So wie Biguet heute Morgen«, unterbrach ihn André Lecœur.

»Wir werden das, wenn nötig, durch die Spurensicherung nachweisen können. Sobald der Reif geschmolzen ist, müsste man die Fingerabdrücke vorfinden. Was fällt dem Kind sofort auf? Es ist dunkel im Quartier, ein einziges Fenster ist erleuchtet, und zwar ausgerechnet das Fenster, hinter dem er seinen Vater zuletzt gesehen hat. Ich werde diese Details prüfen lassen. Ich könnte aber schwören, dass er die Leiche gesehen hat, ganz oder zum Teil. Selbst wenn er nur die Füße auf dem Boden gesehen hätte, zusammen mit dem Umstand, dass immer noch Licht brannte, hätte das gereicht.«

»Hat er geglaubt ...«, begann Olivier, die Augen weit aufgerissen.

»Ja, er hat geglaubt, wie auch ich beinahe, dass Sie sie umgebracht haben. Denken Sie nach, Lecœur. Der Mann, der nun seit ein paar Wochen überall in Paris Leute umbringt, ist jemand, der wie Sie nachts unterwegs ist. Wahrscheinlich hat diese Person etwas Schlimmes erlebt, genau wie Sie, denn man wird nicht ohne Grund über Nacht zum Mörder. Weiß das Kind, was Sie nachts gemacht haben, seit Sie Ihre Stelle verloren haben?

Sie haben vorhin gesagt, dass Sie auf der Fensterbank gesessen hätten. Wo haben Sie Ihre Butterbrotdose hingestellt?«

»Auf den Sims, ich bin ziemlich sicher ...«

»Er hat sie also gesehen ... Und er wusste nicht, wann Sie Ihre Schwiegermutter verlassen haben ... Er wusste auch nicht, ob sie nach Ihrem Aufbruch noch lebte ... In seinen Augen muss das Licht die ganze Nacht über gebrannt haben ...

Was hätte Sie an seiner Stelle am meisten schockiert?«

»Die Dose ...«

»Genau. Die Dose, die der Polizei erlauben würde, Sie zu identifizieren. Steht Ihr Name darauf?«

»Ich habe ihn mit einem Taschenmesser eingekratzt.«

»Sehen Sie! Ihr Sohn hat angenommen, Sie würden zur gewohnten Zeit heimkommen, also zwischen sieben und acht. Er wusste nicht, ob ihm sein Unterfangen gelingen würde. Jedenfalls ging er lieber nicht nach Hause. Er wollte Ihnen aus der Klemme helfen.«

»Und hat mir deshalb einen Zettel hingelegt …«

»Er hat sich an Onkel Gédéon erinnert, und er hat Ihnen geschrieben, er würde an der Gare d'Austerlitz eintreffen. Er wusste, dass Sie dorthin gehen würden, selbst wenn es Onkel Gédéon gar nicht gab. Der Text konnte Sie keineswegs belasten …«

»Er ist erst zehneinhalb!«, protestierte der Vater.

»Glauben Sie, ein Zehneinhalbjähriger weiß weniger über solche Dinge als Sie? Liest er keine Kriminalromane?«

»Doch.«

»Vielleicht wünscht er sich sein Radio weniger wegen der Musik oder der Theatersendungen als wegen der Krimiserien …«

»Das stimmt.«

»Vor allem musste die verräterische Dose verschwinden. Den Hof kannte er gut, er muss dort oft gespielt haben.«

»Er hat dort ganze Tage verbracht, mit der Tochter der Concierge.«

»Er wusste also, dass er die Regenrinne benutzen konnte. Vielleicht ist er früher schon da hochgeklettert.«

»Und dann?«, fragte Olivier mit beeindruckender Ruhe. »Er hat also die Dose geholt, nun gut.

Er hat das Haus meiner Schwiegermutter ohne Mühe verlassen, denn die Eingangstür lässt sich von innen öffnen, ohne dass man die Concierge rufen muss. Sie sagen, das muss kurz nach sechs gewesen sein.«

»Verstehe«, brummte der Kommissar. »Selbst wenn er sich nicht beeilt hat, hätte er weniger als zwei Stunden gebraucht, um die Gare d'Austerlitz zu erreichen, wo er sich mit Ihnen verabredet hat. Nun, er ist nicht zum Bahnhof gegangen.«

Ohne auf diese Überlegungen zu achten, steckte der andere Lecœur seinen Stöpsel in eine Buchse und sagte mit einem Seufzer:

»Immer noch nichts, mein Lieber?«

Man antwortete ihm von der Gare du Nord:

»Wir haben gut zwanzig Leute befragt, die mit Kindern unterwegs waren, aber keins entsprach der Beschreibung.«

Natürlich mochte irgendein Kind die Orangen aus der Auslage gestohlen haben. Aber nicht irgendein Kind hätte nacheinander die Scheiben von sieben Notrufsäulen eingeschlagen. Lecœur kam immer wieder auf seine Kreuzchen zurück. Er hatte sich nie für viel klüger als seinen Bruder gehalten, aber er war geduldiger und beharrlicher.

»Ich bin sicher«, sagte er, »dass man die Dose in der Seine finden wird, in der Nähe des Pont Mirabeau.«

Schritte im Treppenhaus. An gewöhnlichen Tagen hätte man nicht darauf geachtet. Am Weihnachtsmorgen jedoch horchte unwillkürlich jeder auf.

Es war ein Streifenbeamter. Er brachte das blutbefleckte Taschentuch, das neben der siebten Säule gefunden worden war. Man reichte es dem Vater.

»Ja, das gehört Bib.«

»Er wird also verfolgt«, behauptete der Kommissar. »Wenn er nicht verfolgt würde, wenn er Zeit hätte, würde er nicht nur Scheiben einschlagen. Er würde reden.«

»Entschuldigung«, sagte Olivier, der als Einziger nicht begriffen hatte. »Verfolgt? Von wem? Und warum ruft er die Polizei?«

Sie zögerten, ihn aufzuklären, ihm die Augen zu öffnen. Sein Bruder nahm sich der Sache an.

»Weil er, als er zu der alten Fayet ging, überzeugt war, du seist der Mörder. Als er aber ihr Haus verließ, glaubte er das nicht mehr. *Er wusste Bescheid.*«

»Was wusste er?«

»Er wusste, wer es war! Verstehst du jetzt? Er hat etwas entdeckt. Wir wissen nicht, was, wir suchen seit Stunden danach. Und er kommt einfach nicht dazu, es uns mitzuteilen.«

»Du meinst ...«

»Ich meine, dein Sohn ist hinter dem Mörder her oder der Mörder hinter ihm. Einer, wir wissen nicht, wer, verfolgt den anderen und lässt nicht locker. Sagen Sie, Herr Kommissar, ist ein Kopfgeld auf den Mörder ausgesetzt?«

»Ja, sogar ein sehr hohes, seit dem dritten Mord. Es wurde letzte Woche verdoppelt. Alle Zeitungen haben darüber berichtet.«

»Nun«, sagte André Lecœur, »dann muss nicht unbedingt Bib derjenige sein, der verfolgt wird. Vielleicht verfolgt er jemanden. In dem Fall …«

Es war Mittag, und seit vier Stunden hatten sie kein Lebenszeichen mehr von dem Jungen, es sei denn, er war der kleine Orangendieb in der Rue de Maubeuge.

IV

War vielleicht sein Tag gekommen? André Lecœur hatte irgendwo gelesen, dass jeder Mensch, egal wie unscheinbar oder glücklos er sein mochte, einmal im Leben eine Sternstunde hat, in der es ihm vergönnt ist, sich zu verwirklichen.

Er hatte nie eine hohe Meinung von sich oder seinen Möglichkeiten gehabt. Wenn man ihn fragte, wieso er einen so eintönigen Beruf gewählt habe, statt sich zum Beispiel bei der Mordkommission zu bewerben, antwortete er:

»Dazu bin ich zu träge!«

Gelegentlich fügte er hinzu:

»Vielleicht hatte ich auch einfach Angst, verprügelt zu werden.«

Das stimmte nicht. Er wusste einfach, dass er nicht so schnell denken konnte.

Alles, was er in der Schule gelernt hatte, war für ihn mit großer Mühe verbunden gewesen. Die Prüfungen bei der Polizei, die für andere ein Kinderspiel waren, hatten ihm Schwierigkeiten bereitet.

Lag es an dieser Selbsterkenntnis, dass er nie geheiratet hatte? Vielleicht. Er stellte sich vor, dass er sich jeder Frau, die er wählte, unterlegen fühlen, sich von ihr bevormunden lassen würde.

Heute dachte er nicht an all das. Er wusste noch nicht, dass seine Sternstunde – sofern es so etwas überhaupt gab – vielleicht nahte.

Eine neue Gruppe löste die Vormittagsschicht ab, ausgeruhte Männer in Festtagskleidung, die Zeit gehabt hatten, mit ihren Familien Weihnachten zu feiern. Ihr Atem roch nach Gebäck und Schnaps.

Der alte Bedeau hatte schon seinen Platz vor der Vermittlungsanlage eingenommen, aber Lecœur war nicht gegangen, er hatte schlicht gesagt:

»Ich bleibe noch eine bisschen.«

Kommissar Saillard war für ein schnelles Mittagessen in die Brasserie Dauphine gegangen und hatte darum gebeten, ihn zu rufen, falls es etwas Neues gäbe. Janvier war zum Quai des Orfèvres zurückgekehrt, wo er gerade seinen Bericht verfasste.

Lecœur hatte keine Lust, schlafen zu gehen. Er war nicht müde. Es war schon vorgekommen, dass er sechsunddreißig Stunden an seinem Platz geblieben war, einmal während der Unruhen auf der Place de la Concorde. Und während des Generalstreiks hatten sich die Männer aus der Zentrale vier Tage und vier Nächte nicht vom Fleck gerührt.

Sein Bruder war ungeduldig.

»Ich möchte Bib suchen«, hatte er erklärt.

»Wo?«

»Ich weiß nicht. Bei der Gare du Nord.«

»Und wenn nicht er die Orangen gestohlen hat? Wenn er in einem ganz anderen Quartier ist? Wenn wir in ein paar Minuten oder in zwei Stunden Neuigkeiten von ihm haben?«

»Ich möchte etwas tun.«

Sie hatten ihn in einer Ecke auf einen Stuhl gesetzt, da er sich nicht hinlegen wollte. Seine Augen waren gerötet vor Müdigkeit und Angst, und er hatte begonnen, an seinen Fingern zu ziehen, wie früher als Kind, wenn man ihn in die Ecke geschickt hatte.

André Lecœur hatte aus reiner Vernunft versucht, sich auszuruhen. Neben dem großen Raum gab es eine Art Abstellkammer mit einem Waschbecken, zwei Feldbetten und einem Kleiderständer, wo sich die Leute von der Nachtschicht gelegentlich hinlegten, wenn nicht viel los war.

Lecœur hatte die Augen geschlossen. Dann griff er nach dem Notizbuch in seiner Tasche, das er immer bei sich trug, und auf dem Rücken liegend, fing er an, die Seiten umzublättern.

Es enthielt Kreuzchen, Reihen von winzigen Kreuzchen, die er jahrelang beständig eingetragen hatte, ohne dazu verpflichtet zu sein und ohne zu wissen, wozu das eines Tages dienen sollte. Manche Leute führen Tagebuch, andere hielten ihre Ausgaben fest oder ihre Verluste beim Bridge.

Diese Kreuzchen in den schmalen Spalten bildeten über Jahre hinweg das Nachtleben von Paris ab.

»Kaffee, Lecœur?«

»Ja, bitte.«

Da er sich in dieser Kammer, von der aus er die Karte mit den Lämpchen nicht sehen konnte, allein fühlte, zog er das Feldbett ins Büro, trank seinen Kaffee und verbrachte seine Zeit damit, die Kreuzchen im Notizbuch zu betrachten und die Augen zu schließen. Hin und wieder beobachtete er durch die halb geschlossenen Lider seinen Bruder, der zusammengesunken auf seinem Stuhl saß, mit hängenden Schultern, gesenktem Kopf; einzig seine verkrampften langen bleichen Finger verrieten das Drama, das sich in ihm abspielte.

Mittlerweile hatten Hunderte Dienststellen, nicht nur in Paris, sondern auch in den Vororten, die Beschreibung des Jungen erhalten. Von Zeit zu Zeit keimte Hoffnung auf, ein Kommissariat rief an, aber entweder handelte es sich um ein kleines Mädchen oder um einen Jungen, der zu jung oder zu alt war.

Lecœur schloss erneut die Augen. Dann riss er sie plötzlich auf, als wäre er eben eingenickt, blickte auf die Uhr und sah sich nach dem Kommissar um.

»Ist Saillard noch nicht zurück?«

»Er ist wahrscheinlich zum Quai des Orfèvres gegangen.«

Olivier war überrascht, ihn durch den großen Raum gehen zu sehen.

Lecœur bemerkte kaum, dass draußen die Sonne durch die weiße Wolkenkuppel gedrungen war, dass Paris an diesem Weihnachtsnachmittag fast frühlingshaft hell war.

Er lauerte auf Schritte im Treppenhaus.

»Du solltest ein paar Sandwiches kaufen gehen«, sagte er zu seinem Bruder.

»Womit?«

»Mit Schinken. Egal. Was du kriegst.«

Olivier verließ das Büro, nachdem er einen Blick auf die Karte mit den Lämpchen geworfen hatte, trotz seiner Angst erleichtert, etwas frische Luft schnappen zu können.

Die Männer, die die Morgenschicht abgelöst hatten, wussten kaum etwas, außer dass es sich um den Mörder handelte und dass irgendwo in Paris ein kleiner Junge in Gefahr war. Da sie die Nacht nicht hier verbracht hatten, wirkte der Fall völlig anders auf sie, war viel klarer, bestand nur aus ein paar nackten und kalten Tatsachen. Der alte Bedeau, der auf Lecœurs Platz saß, löste Kreuzworträtsel, den Kopfhörer über den Ohren, und ließ sich von dem üblichen »Hallo – Austerlitz? Ist euer Wagen losgefahren?« nicht aus der Ruhe bringen.

Eine Ertrunkene, die man aus der Seine gefischt

hatte. Auch das gehörte zur Tradition an Weihnachten.

»Ich würde Sie gern einen Moment sprechen, Herr Kommissar.«

Das Feldbett war wieder an seinem Platz in der Abstellkammer, und dorthin führte Lecœur auch den Chef der Mordkommission. Der Kommissar rauchte seine Pfeife, legte seinen Mantel ab und sah sein Gegenüber verwundert an.

»Verzeihen Sie, dass ich mich in Dinge einmische, die mich nichts angehen. Es geht um den Mörder …«

Er hielt sein kleines Notizbuch in der Hand, aber er schien es auswendig zu kennen und es lediglich zur Sicherheit aufzuschlagen.

»Entschuldigen Sie, wenn ich Ihnen etwas chaotisch erzähle, was mir durch den Kopf geht, aber ich denke seit heute Morgen so viel darüber nach, dass …«

Vorhin, als er auf dem Feldbett lag, war ihm alles verblüffend klar erschienen. Jetzt suchte er nach Worten, und seine Gedanken waren weniger präzise.

»Sehen Sie! Als Erstes ist mir aufgefallen, dass die acht Verbrechen alle nach zwei Uhr morgens begangen wurden, die meisten sogar nach drei Uhr …«

Er sah der Miene des Kommissars an, dass diese

Feststellung für andere Leute nicht besonders aufregend war.

»Aus Neugierde notiere ich mir seit drei Jahren die Uhrzeit von Verbrechen dieser Art. Fast immer werden sie zwischen zehn Uhr abends und zwei Uhr morgens begangen.«

Er musste auf dem Holzweg sein, denn es gab keine Reaktion. Warum nicht offen sagen, wie er auf diese Idee gekommen war? Dies war nicht der Moment, sich von Hemmungen aufhalten zu lassen.

»Als ich vorhin meinen Bruder betrachtete, habe ich gedacht, dass der Mann, den Sie suchen, ein Mann wie er sein muss. Einen Augenblick habe ich mich sogar gefragt, ob nicht er es sein könnte. Warten Sie ...«

Er spürte, dass er auf dem richtigen Weg war. Er merkte, dass die Augen des Kommissars nun mehr als höfliche, etwas gelangweilte Aufmerksamkeit ausdrückten.

»Ich hatte leider keine Zeit, meine Gedanken zu ordnen. Aber Sie werden gleich verstehen ... Ein Mann, der fast Schlag auf Schlag acht Mal mordet, ist ein Getriebener, nicht wahr? Das ist jemand, dessen Verstand aus irgendeinem Grund von heute auf morgen gestört ist ... Mein Bruder hat seinen Arbeitsplatz verloren, und um das vor seinem Sohn zu verheimlichen, um nicht als Versager dazustehen, ist er wochenlang um die gleiche Zeit aus dem Haus gegangen und hat so getan, als ginge er zur Arbeit ...«

In Worte, in Sätze übertragen, verlor seine Idee all ihre Kraft. Er spürte, dass Saillard, obwohl er sich sichtlich bemühte, darin keinen Geistesblitz erkennen konnte.

»Ein Mann, dem plötzlich alles genommen wird, was sein Leben ausmacht ...«

»Und der verrückt wird ...«

»Ich weiß nicht, ob er verrückt ist. Vielleicht nennt man das so. Jemand, der Grund zu haben glaubt, die ganze Welt zu hassen, sich an den Menschen rächen zu müssen ...

Sie wissen ja, Herr Kommissar, dass die anderen, die wirklichen Mörder immer auf die gleiche Weise töten. Dieser hier hat ein Messer, einen Hammer, einen Schraubenschlüssel benutzt. Eine der Frauen hat er erwürgt.

Und nirgendwo hat er sich blicken lassen. Nirgendwo hat er Spuren hinterlassen. Wo auch immer er wohnt, er muss viele Kilometer durch Paris gelaufen sein, zu einer Uhrzeit, da kein Bus und keine Metro fährt. Und obwohl die Polizei seit den ersten Verbrechen in Alarmbereitschaft ist, obwohl sie die Fußgänger beobachtet und die Personalien verdächtiger Leute überprüft, ist er nicht ein einziges Mal aufgefallen.«

So sehr Lecœur spürte, dass er endlich auf dem richtigen Weg war, so besorgt war er gleichzeitig, man könnte ihn nicht ausreden lassen. Am liebsten hätte er gemurmelt:

»Hören Sie mir bis zum Ende zu, ich bitte Sie ...«

Die Kammer war winzig, und er ging zwei, drei Schritte auf und ab vor dem Kommissar, der auf der Kante des Feldbetts saß.

»Das sind keine großartigen Überlegungen, das weiß ich. Dazu bin ich gar nicht fähig. Das sind meine Kreuzchen, Fakten, die ich erfasst habe ...

Heute Morgen zum Beispiel hat der Mann halb Paris durchquert, ohne an einem einzigen Kommissariat vorbeizukommen oder eine überwachte Kreuzung zu überqueren.«

»Sie meinen, er kennt sich bestens aus im 15. Arrondissement?«

»Nicht nur im 15., sondern in mindestens zwei weiteren, wenn man nach den früheren Verbrechen urteilt; dem 20. und dem 12. Er hat seine Opfer nicht zufällig ausgewählt. Von allen wusste er, dass sie alleinstehend waren, unter Bedingungen lebten, die es ihm ermöglichten, sie ohne großes Risiko zu überfallen.«

Er hätte beinahe den Mut verloren, als er die matte Stimme seines Bruders hörte.

»Die Sandwiches, André.«

»Ja. Danke. Iss eines. Setz dich ...«

Aus einer Art Bescheidenheit wagte er nicht, die Tür zu schließen. Er war eine zu unwichtige Person, als dass er sich mit dem Kommissar hätte einschließen dürfen.

»Wenn er jedes Mal seine Waffe gewechselt hat, dann bestimmt, weil er weiß, dass er damit Verwirrung stiftet. Also *weiß* er, dass sich die meisten Mörder an eine einzige Methode halten.«

»Sagen Sie mal, Lecœur ...«

Der Kommissar war aufgestanden und starrte ihn geistesabwesend an, als verfolgte er seine eigenen Gedanken.

»Wollen Sie sagen, dass ...«

»Ich weiß nicht. Aber mir ist der Gedanke gekommen, dass es jemand von uns sein könnte. Zumindest jemand, der bei uns gearbeitet hat.«

Er senkte die Stimme.

»Jemand, dem das Gleiche zugestoßen ist wie meinem Bruder, verstehen Sie? Ein entlassener Feuerwehrmann kommt leicht auf den Gedanken, ein Feuer zu legen. Das ist in den vergangenen drei Jahren zweimal vorgekommen. Jemand von der Polizei ...«

»Aber warum stiehlt er dann?«

»Auch mein Bruder brauchte Geld, um seinen Sohn im Glauben zu lassen, dass er immer noch sein Einkommen hat, dass er immer noch bei *La Presse* arbeitet. Wenn ein Nachtarbeiter so tun möchte, als wäre er nach wie vor beschäftigt, muss er zwangsläufig die ganze Nacht lang von zu Hause wegbleiben, was erklärt, weshalb er seine Verbrechen nach drei Uhr begeht. Er muss ja bis Tagesanbruch warten, ehe er nach Hause gehen kann. Die ersten Stunden sind einfach. Da sind die Cafés und Bars offen. Danach ist er allein auf der Straße ...«

Saillard brummte vor sich hin:

»Heute ist niemand im Personalbüro.«

»Vielleicht könnten wir den Direktor zu Hause erreichen ... Vielleicht erinnert er sich.«

Lecœur war noch nicht fertig. Es gab noch so viele Dinge, die er gern gesagt hätte, die ihm aber nicht mehr einfielen. Vielleicht war das Ganze nur ein Gedankenspiel. So kam es ihm manchmal vor, dann hatte er wieder das Gefühl, zu einer eindeutigen Erklärung gelangt zu sein.

»Hallo? Könnte ich bitte mit Monsieur Guillaume sprechen? ... Er ist nicht zu Hause? Wissen Sie, wo ich ihn erreichen kann? ... Bei seiner Tochter in Auteuil? Kennen Sie die Telefonnummer?«

Auch dort hatte es ein schönes Essen im Kreis der Familie gegeben, und bestimmt schlürften nun alle Kaffee mit Schnaps.

»Hallo? Monsieur Guillaume? ... Ja, Saillard hier. Ich hoffe, ich störe Sie nicht zu sehr. Sie waren nicht mehr zu Tisch? ... Es geht um den Mörder.

Es gibt Neuigkeiten. Noch nichts Genaues. Ich würde gern eine Vermutung überprüfen, und es ist dringend. Wundern Sie sich nicht zu sehr über meine Frage. Ist ein Polizist, ganz gleich welcher Dienstgrad, während der letzten Monate entlassen worden? ... Was sagen Sie? Kein Einziger in diesem Jahr?«

Lecœur spürte, wie sich seine Brust zusammenzog, als bahnte sich eine Katastrophe an, und er warf einen jammervollen Blick auf den Stadtplan von Paris. Er hatte verloren. Er gab sofort auf, war überrascht, dass sein Chef beharrlich blieb.

»Vielleicht liegt es auch schon länger zurück, ich weiß es nicht. Es müsste sich um jemanden vom Nachtdienst handeln, der in mehreren Arrondissements gearbeitet hat, unter anderem im 15., im 20. und im 12. Jemand, den seine Entlassung beträchtlich verbittert hat ... Wie bitte?«

Saillards Stimme bei diesen letzten Worten machte Lecœur wieder Hoffnung, während die anderen ringsum nichts von diesem Gespräch verstanden.

»Brigardier Loubet? ... Stimmt, davon habe ich gehört, aber damals war ich noch nicht im Disziplinarkomitee. Drei Jahre, ja. Sie wissen nicht, wo er gewohnt hat? Irgendwo in der Nähe der Halles?«

Drei Jahre ... Das war zu lange her, und Lecœur

verließ erneut der Mut. Es war unwahrscheinlich, dass ein Mensch seine Demütigung und seinen Hass drei Jahre lang in sich hineinfraß, bevor er handelte.

»Wissen Sie, was aus ihm geworden ist? ... Selbstverständlich. Ja. Das dürfte heute schwierig sein ...«

Er legte auf und sah Lecœur aufmerksam an, sprach mit ihm wie mit einem Gleichgestellten.

»Haben Sie gehört? Brigardier Loubet hat eine ganze Reihe Verwarnungen erhalten und drei- oder viermal das Revier gewechselt, bevor er entlassen wurde. Er nahm die Sache sehr schlecht auf. Er war Alkoholiker. Guillaume glaubt, dass er in eine Detektei eingetreten ist. Wenn Sie versuchen wollen ...«

Lecœur machte sich halbherzig an die Arbeit, aber zumindest konnte er etwas tun, statt nur vor dem Stadtplan zu sitzen. Er begann mit den dubiosesten Detekteien, da er bezweifelte, dass jemand wie Loubet von einem seriösen Unternehmen angestellt worden war. Die meisten Büros waren geschlossen. Er rief die Leute zu Hause an.

Oft hörte er Kinderstimmen im Hintergrund.

»Nie gehört. Versuchen Sie's bei Tisserand am Boulevard Saint-Martin. Der sammelt das ganze Pack ein.«

Aber auch der Anruf bei Tisserand, der sich auf

Beschattungen spezialisiert hatte, ergab nichts. Eine Dreiviertelstunde lang war Lecœur am Telefon, um endlich jemanden zornig grummeln zu hören:

»Kommen Sie mir bloß nicht mit diesem Gauner. Vor gut zwei Monaten habe ich ihn vor die Tür gesetzt, und obwohl er mir mit Erpressung drohte, hat er dann nichts mehr von sich hören lassen. Sollte ich den jemals treffen, kriegt er meine Faust zu spüren.«

»Was hat er bei Ihnen gemacht?«

»Gebäudeüberwachung, nachts.«

André Lecœurs Miene verklärte sich.

»Hat er viel getrunken?«

»Nach einer Stunde im Dienst war der stockbesoffen. Keine Ahnung, wie er es geschafft hat, aber irgendwer hat ihm immer ein Gläschen spendiert.«

»Haben Sie seine Adresse?«

»Rue du Pas-de-la-Mule 27a.«

»Hat er ein Telefon?«

»Kann sein. Ich habe keine Lust, ihn anzurufen. Ist das alles? Darf ich jetzt weiter Bridge spielen?«

Man hörte, dass der Mann seinen Freunden die Sache erklärte, während er auflegte.

Der Kommissar hatte bereits ein Telefonbuch aufgeschlagen und den Namen Loubet herausgesucht. Er wählte die Nummer. Zwischen ihm und

André Lecœur bestand inzwischen eine Art stillschweigendes Einverständnis. Ihre Hoffnung war die gleiche. Jetzt, da das Ziel in Sicht war, hatten sie das gleiche Zittern in den Fingerspitzen. Der andere Lecœur, Olivier, spürte, dass sich etwas Wichtiges tat, stand auf und schaute sie abwechselnd an.

Unaufgefordert erlaubte sich André Lecœur eine Freiheit, die er sich noch am Vormittag niemals gestattet hätte: Er ergriff den zweiten Hörer. Man hörte das Rufzeichen in der Rue du Pas-de-la-Mule. Es klingelte lange, wie ins Leere hinein, und Lecœurs Brust begann sich wieder zusammenzuziehen, als jemand abhob.

Gott sei Dank! Es war eine Frauenstimme, die Stimme einer älteren Frau, die hervorstieß:

»Bist du's endlich? Wo steckst du?«

»Hallo, Madame, hier spricht nicht Ihr Mann.«

»Ist ihm was zugestoßen?«

Sie erweckte den Eindruck, dass ihr das ganz recht gewesen wäre, dass sie schon lange auf diese Nachricht wartete.

»Spreche ich mit Madame Loubet?«

»Mit wem denn sonst?«

»Ihr Mann ist nicht zu Hause?«

»Zunächst einmal, wer spricht da?«

»Kommissar Saillard ...«

»Was wollen Sie von ihm?«

Der Kommissar legte einen Augenblick die Hand auf die Muschel und flüsterte Lecœur zu:

»Rufen Sie Janvier an, er soll sofort dahin fahren.«

Im selben Moment meldete sich ein Kommissariat, sodass gleichzeitig drei Apparate in dem Raum benutzt wurden.

»Ist Ihr Mann heute Morgen nicht nach Hause gekommen?«

»Wenn die Polizei kompetenter wäre, wüssten Sie das.«

»Kommt das oft vor?«

»Das ist seine Sache, oder etwa nicht?«

Vermutlich hasste sie ihren trinkenden Ehemann, aber sobald er unter Beschuss kam, schlug sie sich auf seine Seite.

»Wissen Sie, dass er nicht mehr für die Polizei arbeitet?«

»Vermutlich müsste er dafür ein noch größerer Schuft sein.«

»Wann hat er bei der Detektei Argus aufgehört?«

»Bitte? … Moment mal … Was sagen Sie da? … Sie wollen mir wohl die Würmer aus der Nase ziehen, was?«

»Es tut mir leid, Madame. Ihr Mann ist vor über zwei Monaten gefeuert worden.«

»Sie lügen!«

»Mit anderen Worten, er ist in den vergangenen zwei Monaten jeden Abend zur Arbeit gegangen?«

»Wohin denn sonst? Zu den Folies Bergère?«

»Warum ist er heute Morgen nicht zurückgekommen? Hat er Sie nicht angerufen?«

Wahrscheinlich hatte sie Angst, überrumpelt zu werden, denn sie legte einfach auf.

Nachdem der Kommissar seinerseits aufgelegt hatte, drehte er sich um und sah André Lecœur hinter sich stehen, der sich prompt abwandte und sagte:

»Janvier ist losgefahren ...«

Und mit dem Finger wischte er sich eine feuchte Spur aus dem Augenwinkel.

V

Er wurde wie ein Gleichrangiger behandelt. Er wusste, dass das nicht andauern würde, dass er morgen wieder ein unbedeutender Angestellter an seiner Vermittlungsanlage sein würde, ein Sonderling, der Kreuzchen in ein nutzloses Notizbuch eintrug.

Die anderen zählten nicht. Man kümmerte sich nicht einmal um seinen Bruder, der sie der Reihe nach mit Hundeaugen anschaute, ihnen zuhörte, ohne etwas zu verstehen, sich fragte, wieso sie so viel redeten, statt zu handeln, wo doch das Leben seines Sohnes auf dem Spiel stand.

Zweimal hatte er André am Ärmel gezupft.

»Lass mich ihn suchen ...«, flehte er.

Aber wo? Und wen? Die Beschreibung des ehemaligen Brigardiers Loubet war bereits an alle Dienststellen, Bahnhöfe, Streifen durchgegeben worden.

Man suchte jetzt nicht nur ein Kind, sondern auch einen vermutlich betrunkenen Mann von achtundfünfzig Jahren, der Paris und die Pariser Polizei wie seine Westentasche kannte und einen schwarzen Mantel mit Samtkragen und einen alten grauen Filzhut trug.

Janvier war zurück, frischer als die anderen. Alle, die von draußen hereinkamen, waren eine Weile von einer Aura der Frische umgeben. Doch nach und nach wurden auch sie eingelullt von der Eintönigkeit dieses Raums, in dem man wie in Zeitlupe zu leben schien.

»Sie wollte mir die Tür vor der Nase zuschlagen, ich konnte gerade noch den Fuß dazwischenschieben. Sie weiß nichts. Sie behauptet, dass er in den letzten Monaten seinen Lohn wie immer bei ihr abgeliefert hat.«

»Deshalb war er gezwungen zu stehlen. Er brauchte keine großen Summen, er hätte gar nicht gewusst, was er damit anfangen sollte. Wie ist sie?«

»Klein, dunkler Typ, sehr lebhafte Augen, gefärbtes, fast blaues Haar. Sie muss ein Ekzem oder so was haben, denn sie trägt fingerlose Handschuhe.«

»Hast du ein Foto von ihm?«

»Ich musste es fast mit Gewalt vom Buffet im Esszimmer nehmen. Die Frau wollte es nicht zulassen.«

Ein beleibter, kräftiger Mann mit hervorstehenden Augen, der in seiner Jugend bestimmt der größte Gockel in seinem Dorf gewesen war und sich einen Ausdruck dümmlicher Arroganz bewahrt hatte. Das Foto war allerdings mehrere Jahre alt. Heute musste Loubet ungepflegt sein, seine Wangen eingefallen, und an die Stelle der Selbstsicherheit war wohl eine gewisse Verschlagenheit gerückt.

»Hast du erfahren, wo er verkehrt?«

»Soviel ich verstanden habe, hält sie ihn an der kurzen Leine, außer nachts, wenn er, wie sie glaubt, arbeiten geht. Ich habe die Concierge befragt. Er hat große Angst vor seiner Frau. Morgens sieht ihn die Concierge oft im Zickzack heimkommen, aber er reißt sich zusammen, sobald er die Hand aufs Treppengeländer legt. Er geht mit seiner Frau zum Markt, verlässt tagsüber das Haus nie ohne sie. Wenn er schläft und sie etwas zu erledigen hat, schließt sie ihn ein und nimmt den Schlüssel mit.«

»Was halten Sie davon, Lecœur?«

»Ich frage mich, ob er mit meinem Neffen zusammen ist.«

»Was meinen Sie damit?«

»Anfangs, gegen halb sieben, waren sie nicht zusammen, denn Loubet hätte den Jungen daran gehindert, die Scheiben der Notrufsäulen einzuschlagen. Sie müssen in einiger Entfernung voneinander gewesen sein. Einer folgte wohl dem andern ...«

»Wer wem? Was meinen Sie?«

Es war verwirrend, dass man sich für seine Meinung interessierte, als wäre er plötzlich eine Art

Orakel geworden. Nie zuvor hatte er sich so demütig gefühlt, so groß war seine Angst, einen Fehler zu machen.

»Als der Junge die Regenrinne hochkletterte, hielt er seinen Vater für schuldig. Schließlich hat er ihn mit dem Zettel und dem Märchen über Onkel Gédéon zur Gare d'Austerlitz geschickt, wo er wahrscheinlich zu ihm stoßen wollte, nachdem er die Dose mit den Broten hatte verschwinden lassen.«

»Vermutlich war es so ...«

»Bib kann nicht geglaubt haben ...«, versuchte Olivier zu protestieren.

»Sei still! ... Zu diesem Zeitpunkt war das Verbrechen gerade begangen worden. Der Junge hätte nicht so viel riskiert, wenn er die Leiche nicht gesehen hätte ...«

»Er hat sie bestimmt gesehen«, pflichtete Janvier bei. »Von seinem Fenster aus konnte er die Leiche bis zum Oberschenkel sehen.«

»Wir wissen nur nicht, ob der Mann noch im Zimmer war.«

»Nein!«, sagte der Kommissar seinerseits. »Nein, denn wäre er dort gewesen, hätte er sich versteckt, als der Junge durchs Fenster kletterte. Und er hätte diesen gefährlichen Zeugen ebenso wie die Alte umgebracht.«

Sie mussten versuchen, alles zu verstehen, das

geringste Detail zu rekonstruieren, wenn sie den jungen Lecœur finden wollten, auf den zu Weihnachten nicht nur ein, sondern zwei Radiogeräte warteten.

»Sag mal, Olivier, als du heute Morgen nach Hause gekommen bist, brannte da Licht?«

»Ja.«

»Im Zimmer des Jungen?«

»Ja. Das hat mir einen Schreck eingejagt. Ich dachte, er sei krank.«

»Also hat der Mörder das Licht sehen können. Er fürchtete, einen Zeugen zu haben. Er hat bestimmt nicht erwartet, dass jemand über die Regenrinne in das Zimmer eindringen würde. Er ist aus dem Haus gestürmt.«

»Und hat draußen gewartet, um zu sehen, was passieren würde.«

Das war alles, was sie tun konnten, Vermutungen anstellen. Versuchen, so weit wie möglich der menschlichen Logik zu folgen. Der Rest war Sache der Streifen, der zahllosen Polizisten, die in Paris verstreut waren. Letztlich war es Glückssache.

»Statt denselben Weg zurück zu nehmen, hat das Kind das Haus der Alten durch die Tür verlassen ...«

»Augenblick, Herr Kommissar. Zu diesem Zeitpunkt wusste er wahrscheinlich, dass sein Vater nicht der Mörder war.«

»Warum?«

»Vorhin hat jemand – ich glaube, es war Janvier – gesagt, dass die alte Fayet viel Blut verloren hat. Wenn das Verbrechen gerade erst begangen wurde, war das Blut noch nicht trocken und der Körper noch warm. Bib hat seinen Vater aber gegen neun Uhr abends in dem Zimmer gesehen.«

Mit jeder neuen Gewissheit wuchs ihre Hoffnung. Sie spürten, dass sie weiterkamen. Der Rest schien einfacher. Manchmal öffneten die beiden Männer gleichzeitig den Mund, da ihnen derselbe Gedanke gekommen war.

»Als der Junge rauskam, hat er den Mann entdeckt, Loubet oder jemand anders, wahrscheinlich Loubet. Und derjenige konnte nicht wissen, ob Bib sein Gesicht gesehen hatte. Das Kind ist in Panik davongerannt ...«

Diesmal mischte sich der Vater ein. Er widersprach mit monotoner Stimme:

»Nicht, wenn Bib wusste, dass eine hohe Belohnung ausgesetzt war. Nicht, wenn er wusste, dass ich meine Arbeit verloren habe. Nicht, wenn er gesehen hat, wie ich bei meiner Schwiegermutter Geld geliehen habe ...«

Der Kommissar und André sahen einander an, und weil sie spürten, dass der andere Lecœur recht hatte, bekamen sie beide Angst.

Das war geradezu gespenstisch. Ein menschenleeres Stück Straße in einem der trostlosesten Quartiere von Paris, mitten in der Nacht, und erst in gut zwei Stunden würde es hell werden.

Auf der einen Seite ein Mann, ein Besessener, der soeben zum achten Mal in wenigen Wochen gemordet hatte, aus Hass, aus Verdruss, aber auch aus Bedürftigkeit, vielleicht um sich Gott weiß was zu beweisen. Ein Mann, der seinen allerletzten Stolz daransetzte, der Polizei, der ganzen Welt die Stirn zu bieten.

War er betrunken, wie üblich? Wahrscheinlich hatte er in der Weihnachtsnacht, in der die Bars bis zum Morgen geöffnet waren, noch mehr getrunken als sonst und sah die Welt jetzt durch seine dicken Säuferaugen, diese Straße, diese Steinwüste mit den blinden Fassaden und mittendrin ein Kind, einen Jungen, der Bescheid wusste, der ihn verraten, seinen wahnsinnigen Unternehmungen ein Ende bereiten würde.

»Ich wüsste gern, ob er einen Revolver hat«, seufzte der Kommissar.

Er brauchte nicht lange auf die Antwort zu warten. Sie kam sofort, von Janvier.

»Das habe ich seine Frau gefragt. Er hat immer eine Automatik dabei, aber sie ist nicht geladen.«

»Warum nicht?«

»Seine Frau hatte Angst vor ihm. Wenn er in einem bestimmten Zustand war, hat er sie manchmal bedroht, statt zu kuschen. Sie hat die Patronen weggeschlossen, mit dem Argument, im Notfall würde der Anblick der Waffe reichen, um jemandem Angst einzujagen.«

Hatten der alte Irre und das Kind tatsächlich in den Straßen von Paris Katz und Maus gespielt? Der ehemalige Polizist konnte nicht hoffen, schneller rennen zu können als ein Zehnjähriger. Das Kind wiederum war nicht in der Lage, einen so beleibten Mann zu überwältigen.

Doch dieser Mann stellte für ihn ein Vermögen dar, das Ende ihres Elends. Sein Vater bräuchte nachts nicht mehr durch die Straßen zu irren, um ihm weiszumachen, dass er immer noch in der Rue de Croissant arbeite, bräuchte nicht mehr Gemüsekisten in den Halles zu schleppen und müsste sich auch nicht mehr vor der alten Fayet demütigen, um Geld zu leihen, das er wahrscheinlich nicht zurückzahlen konnte.

Es bedurfte nicht vieler Worte zwischen ihnen. Sie betrachteten den Stadtplan, die Straßennamen. Wahrscheinlich hielt das Kind aus Vorsicht eine gewisse Distanz zu dem Mörder, und jener hatte ebenso wahrscheinlich seine Waffe hergezeigt, um dem Kleinen Angst einzujagen.

Und ringsum schliefen Tausende von Menschen, die keinem von beiden helfen konnten.

Loubet konnte nicht für alle Zeiten dort stehen

bleiben, um den Jungen zu beobachten, der sich seinerseits von ihm fernhielt, und so war er sicher losgelaufen, hatte die gefährlichen Straßen gemieden, die blauen Lampen der Kommissariate, die Kreuzungen, die überwacht wurden.

In zwei, drei Stunden würden Leute auf der Straße sein, und der Junge würde wahrscheinlich auf den Erstbesten zustürzen und ihn um Hilfe bitten.

»Loubet ging voraus«, sagte der Kommissar langsam.

»Und mein Neffe hat die Scheiben der Notrufsäulen eingeschlagen, weil ich ihm einmal erklärt habe, wie das funktioniert«, fügte André Lecœur hinzu.

Die Kreuzchen bekamen plötzlich Leben. Was anfangs so rätselhaft erschienen war, wurde beinahe einfach, aber auf eine tragische Weise.

Vielleicht noch tragischer war die Sache mit dem Kopfgeld, für das ein zehnjähriger Junge seine Haut riskierte.

Der Vater des Jungen begann zu weinen, ganz leise, ohne zu schluchzen. Er versuchte gar nicht erst, die Tränen zurückzuhalten. Er konnte nicht mehr. Er war umgeben von seltsamen Gegenständen, von barbarischen Instrumenten, von Leuten, die über ihn redeten, als wäre er ein anderer, als wäre er nicht anwesend, und sein Bruder gehörte zu diesen Leuten, ein Bruder, den er kaum wiedererkannte, und den er unwillkürlich mit Respekt betrachtete.

Die Sätze wurden immer kürzer, denn Lecœur und der Kommissar verstanden sich fast ohne Worte.

»Loubet konnte nicht nach Hause gehen.«

»Und auch keine Bar betreten, mit dem Kind, das ihm auf den Fersen war.«

André Lecœur lächelte plötzlich.

»Der Mann ist nicht auf die Idee gekommen, dass der Junge keinen Centime in der Tasche hatte. Er hätte ihm entwischen können, wenn er einfach die Metro genommen hätte.«

Nein, das hätte nichts genützt. Bib hatte ihn gesehen und würde ihn genau beschreiben können.

Der Trocadéro. Die Gegend um die Étoile. Die Zeit verging. Es war fast schon Tag. Leute kamen aus ihren Häusern, Schritte hallten auf den Gehsteigen. Es war nicht mehr möglich, ohne Waffe ein Kind auf der Straße zu töten, ohne Aufsehen zu erregen.

»Was immer geschehen ist, sie müssen einander begegnet sein«, meinte der Kommissar und schüttelte sich, als wäre er eben aus einem Albtraum aufgewacht.

In diesem Augenblick leuchtete ein Lämpchen auf. Als wüsste er, dass es diesen Fall betraf, beantwortete Lecœur den Anruf anstelle seines Kollegen.

»Ja … Das habe ich mir schon gedacht … Danke.«

Er erklärte: »Es geht um die beiden Orangen. Man hat gerade einen jungen Nordafrikaner in der Gare du Nord gefunden, im Wartesaal der dritten Klasse. Eine der Orangen hatte er noch in der Tasche. Er ist heute Morgen weg von zu Hause, im 18. Arrondissement, weil man ihn geschlagen hat.«

»Glaubst du, Bib ist tot?«

Olivier Lecœur zog so stark an seinen Fingern, als wollte er sie brechen.

»Wenn er tot wäre, dann wäre Loubet nach Hause gegangenen. Dann hätte er ja nichts mehr befürchten müssen.«

Der Kampf ging also weiter, im endlich sonnigen Paris, wo Eltern mit ihren Kindern in Festtagskleidung spazieren gingen.

»Wahrscheinlich hatte Bib Angst, Loubet in der Menge zu verlieren. Er hat sich ihm genähert …«

Loubet musste mit ihm gesprochen und ihn mit der Waffe bedroht haben:

»Wenn du nach Hilfe rufst, schieße ich …«

Und so verfolgte jeder sein eigenes Ziel: Der Mann hoffte, das Kind loszuwerden, indem er es an einen verlassenen Ort führte, wo er es ermorden konnte, und der Junge wollte Alarm schlagen, bevor der andere Zeit hatte zu schießen.

Jeder behielt den anderen im Auge. Jeder riskierte sein Leben.

»Loubet ist bestimmt nicht ins Zentrum gegangen. Da gibt es zu viele Polizisten. Zumal ihn die meisten auch noch kennen.«

Von der Étoile musste er nach Montmartre gegangen sein, nicht ins Montmartre der Nachtclubs, sondern in das der kleinen Leute, der düsteren Straßen, die an einem Tag wie heute besonders provinziell wirkten.

Es war halb drei. Hatten die beiden etwas gegessen? Hatte es Loubet trotz der Gefahr, in der er schwebte, so lange ohne etwas zu trinken ausgehalten?

»Sagen Sie, Herr Kommissar ...«

André Lecœur brachte es nicht fertig, mit fester Stimme zu sprechen. Immer noch hatte er das Gefühl, eine Rolle zu spielen, die ihm nicht zustand.

»Es gibt Hunderte kleiner Bars in Paris, ich weiß. Aber wenn wir bei denen beginnen, die am ehesten infrage kommen, und eine Menge Leute einsetzen ...«

Nicht nur die Anwesenden machten sich an die Arbeit. Saillard nahm Verbindung mit dem Quai des Orfèvres auf, wo sechs Inspektoren zum Telefonhörer griffen.

»Hallo? Ist dort die Bar des Amis? ... Ist ein älterer Mann in einem schwarzen Mantel irgendwann seit heute früh bei Ihnen gewesen, begleitet von einem zehnjährigen Jungen?«

Wieder einmal machte Lecœur seine Kreuzchen, allerdings nicht in sein Notizbuch, sondern ins Telefonbuch. Dort gab es zehn Seiten, in denen Bars aufgeführt waren, alle mit mehr oder weniger fantasievollen Namen. Manche waren geschlossen. Bei anderen hörte man im Hintergrund Musik.

Auf einem Stadtplan, der auf dem Tisch ausgebreitet war, hakte er eine Straße nach der anderen mit einem blauen Stift ab, und schließlich konnten sie irgendwo hinter der Place Clichy, in einem ziemlich verrufenen Sträßchen, einen ersten Erfolg verbuchen.

»So ein Kerl kam gegen Mittag rein. Er trank drei Calvados und bestellte ein Glas Weißwein für den Jungen. Der Kleine wollte erst nicht trinken, hat's aber schließlich doch getan. Er hat auch zwei hartgekochte Eier gegessen.«

Olivier Lecœur blickte drein, als hörte er die Stimme seines Sohnes.

»Sie wissen nicht, wohin die beiden gegangen sind?«

»Richtung Batignolles ... Der Mann war ganz schön beduselt ...«

Der Vater des Jungen hätte gern selbst nach einem Hörer gegriffen, aber es war keiner mehr frei, und so wanderte er mit zusammengezogenen Brauen von einem Angestellten zum nächsten.

»Hallo? Die Zanzi Bar? ... Ist ein Mann ...«

Es war eine Art Refrain geworden, und sobald einer der Männer fertig war, fing ein anderer wieder damit an.

Rue Damrémont, ganz oben in Montmartre, halb zwei. Die Bewegungen des Mannes waren unsicher geworden, er hatte ein Glas zerbrochen. Der Junge hat so getan, als müsste er auf die Toilette, und sein Gefährte ist ihm gefolgt. Da hat der Kleine aufgegeben, wahrscheinlich aus Angst.

»Ein komischer Kerl. Er hat dauernd vor sich hin gekichert, als ob er einen Mordsspaß hätte.«

»Hast du gehört, Olivier. Bib war vor einer Stunde und vierzig Minuten dort.«

André Lecœur hatte inzwischen Angst zu sagen, was er dachte. Der Kampf näherte sich seinem Ende. Da Loubet einmal zu trinken angefangen hatte, würde er dabeibleiben. War das die Chance für den Jungen?

Vielleicht. Wenn er die Geduld hatte zu warten und kein unnötiges Risiko einging.

Aber angenommen, er irrte sich, angenommen, er hielt seinen Gefährten für betrunkener, als er war, angenommen ...

André Lecœur sah seinen Bruder an und stellte sich vor, was aus Olivier geworden wäre, wenn ihn sein Asthma nicht am Trinken gehindert hätte.

»Ja ... Was sagen Sie ... Boulevard Ney?«

Sie waren am Stadtrand, was darauf hinwies, dass

der ehemalige Polizeibeamte nicht so betrunken war, wie es den Anschein hatte. Er ging ruhig seines Wegs, führte das Kind allmählich und fast unmerklich aus der Stadt heraus, hin zu den Brachen der Vororte.

Drei Polizeiwagen waren bereits losgefahren. Alle verfügbaren Fahrradstreifen waren ebenfalls hingeschickt worden, und Janvier war im kleinen Wagen des Kommissars davongerast. Es war sehr schwierig gewesen, den Vater des Jungen daran zu hindern, ihn zu begleiten.

»Ich habe dir doch gesagt, hier erfährst du es am schnellsten ...«

Niemand hatte Zeit, Kaffee zu machen. Sie waren aufgeregt, sprachen ruckartig.

»Hallo? Die Orient Bar? ... Hallo? Wer spricht dort?«

André Lecœur stand auf, den Hörer am Ohr, machte eigenartige Gesten und begann vor Erregung fast zu tänzeln.

»Wie? ... Nicht so nah an die Sprechmuschel ...«

Dann konnten die anderen eine Stimme hören, schrill wie die einer Frau:

»Egal wer Sie sind, sagen Sie der Polizei, dass ... Hallo? Sagen Sie der Polizei, dass ich den Mörder habe ... Hallo? ... Was? ... Onkel André?«

Die Stimme wurde leiser, nahm einen gequälten Ton an.

»Ich sage Ihnen, ich schieße ... Onkel André!«

Lecœur hatte keine Ahnung, wem er den Hörer in die Hand drückte. Er stürzte die Treppe hinauf und platzte ins Büro des Telegrafisten.

»Schnell! Die Orient Bar, Porte de Clignancourt ... Alle verfügbaren Leute ...«

Er wartete nicht, bis die Meldung durchgegeben war, sondern raste, vier Stufen auf einmal nehmend, die Treppe wieder hinab, dann verharrte er auf der Schwelle des großen Raums, in dem zu seiner Verblüffung alle reglos dastanden. Die Spannung hatte nachgelassen.

Saillard hielt den Hörer ans Ohr. Eine laute Stimme war zu hören:

»Es geht ihm gut, keine Sorge ... Ich hab dem Kerl eins übergezogen, mit einer Flasche. Er ist bewusstlos ... Ich weiß nicht, was er mit dem Jungen anstellen wollte, aber ... Wie? Sie wollen mit ihm reden? ... Komm mal her, Kleiner ... Gib mir die Knarre ... Solches Spielzeug mag ich nicht ... Aber hör mal, das Ding ist ja gar nicht geladen ...«

Eine andere Stimme:

»Onkel André?«

Der Kommissar sah sich um und reichte den Telefonhörer nicht André Lecœur, sondern Olivier.

»Onkel André? ... Ich hab ihn ... den Mörder! Ich hab den Revol...«

»Hallo, Bib!«
»Was?«
»Hallo, Bib. Ich bin's ...«
»Was tust du denn dort, Papa?«
»Nichts ... Ich habe gewartet ... Ich ...«
»Ich freue mich so, weißt du ... Wart mal ... Da kommen ein paar Polizisten auf Fahrrädern. Die wollen mit mir reden ... Und ein Auto hat auch angehalten ...«

Stimmengewirr, das Klirren von Gläsern. Olivier Lecœur hielt den Telefonhörer ungeschickt in der Hand und starrte auf die Wandkarte, wahrscheinlich, ohne etwas zu sehen. Das alles war weit weg, oben im Norden der Stadt, an einer großen Kreuzung, über die der Wind fegte.

»Wir fahren jetzt los ...«

Eine andere Stimme.

»Sind Sie's, Chef? Hier Janvier ...«

Olivier Lecœur sah aus, als wäre er derjenige, dem man eins über den Schädel gezogen hätte, so wie er den Hörer in die Luft hielt.

»Er ist sturzbetrunken, Chef. Als der Kleine das Telefon klingeln hörte, wusste er, dass seine Chance gekommen war. Es gelang ihm, den Revolver aus Loubets Tasche zu zerren und beiseitezuspringen. Zum Glück ist der Patron ein harter Bursche. Er hat den Mann gleich niedergeschlagen ...«

Ein Lämpchen leuchtete an der Wandkarte auf, in

Clignancourt. André Lecœur beugte sich über die Schulter seines Kollegen und steckte den Stöpsel in eine Buchse.

»Hallo? Euer Wagen ist gerade losgefahren?«

»Jemand hat die Scheibe der Notrufsäule an der Place Clignancourt eingeschlagen und gesagt, in einer Bar gibt es irgendwelche Scherereien ... Hallo? ... Soll ich zurückrufen?«

Nicht nötig.

Es gab auch keinen Grund, ein Kreuzchen in das Notizbuch zu machen.

Ein sehr stolzer kleiner Junge wurde in einem Polizeiwagen durch Paris gefahren.

Carmel by the Sea (Kalifornien), April 1950

Aus dem Französischen von Julia Becker

*Das kleine Restaurant
bei der Place des Ternes*

*Eine Weihnachtsgeschichte
für Erwachsene*

Die Wanduhr im schwarzen Rahmen, die den Stammgästen immer schon vertraut war an ihrem alten Platz, über dem Fach für die Servietten, zeigte fünf Minuten vor neun. Der Werbekalender hinter der Kasse, knapp oberhalb vom Kopf der Kassiererin, Madame Bouchet, verkündete den 24. Dezember.

Draußen fiel feiner Regen. Im Speisesaal war es heiß. Ein mächtiger Ofen, einer, wie es ihn früher auf Bahnhöfen gab, thronte in der Mitte, und sein schwarzes Rohr ragte quer durch den Raum, bevor es dann in der Mauer verschwand.

Madame Bouchet zählte Geldscheine, bewegte dabei stumm die Lippen. Der Patron beobachtete sie geduldig, und in der Hand hielt er bereits das graue Leinensäckchen, in das er jeden Abend den Inhalt der Kasse tat. Albert, der Kellner, schaute nach der Uhrzeit, ging hinüber zu den beiden, zwinkerte ihnen zu, deutete auf eine Flasche, ein Stück neben den anderen auf dem Tresen. Auch der Patron schaute jetzt nach der Uhr, zuckte mit den Schultern und nickte zum Zeichen der Zustimmung.

»Wüsste nicht, warum man denen nichts davon abgibt, wie den andern auch, sind schließlich die Letzten«, sagte Albert leise, während er das Tablett wegtrug.

Er hatte nämlich die Angewohnheit, mit sich selbst zu reden, während er servierte.

Das Auto des Patrons stand an der Bordsteinkante. Er wohnte ziemlich weit weg, in Joinville, wo er sich eine Villa gebaut hatte. Seine Frau war früher Kassiererin gewesen. Er selbst Kellner im Café. Aus der Zeit hatte er noch immer empfindliche Füße, so wie alle Kellner oder Oberkellner, und er trug Spezialschuhe. Auf der Rückbank seines Autos lag eine Reihe hübsch verschnürter Pakete für den Heiligen Abend.

Die Kassiererin nahm später den Bus zur Rue Caulaincourt, denn sie verbrachte dort das Weihnachtsfest bei ihrer Tochter, die mit einem Angestellten vom Rathaus verheiratet war.

Albert hatte zwei Sprösslinge, und das Spielzeug war schon seit ein paar Tagen oben auf dem großen Schrank versteckt.

Er begann bei dem Mann, stellte ein kleines Glas auf den Tisch, füllte es mit Armagnac.

»Mit den besten Wünschen vom Patron«, sagte er.

Er ging an ein paar leeren Tischen vorbei, trat in die Ecke, wo die große Jeanne sich gerade eine

Zigarette ansteckte, stellte sich absichtlich zwischen sie und die Kasse, murmelte:

»Trink schnell, dann kriegst du noch eins! Die Runde geht auf den Patron!«

Schließlich kam er ans Ende der Tischreihe. Ein junges Mädchen holte den Lippenstift aus der Handtasche und betrachtete sich in einem kleinen Spiegel.

»Mit den besten Wünschen des Hauses ...«

Sie schaute hoch zu ihm, überrascht.

»Das ist hier so üblich, zu Weihnachten.«

»Ich danke Ihnen.«

Er hätte auch ihr gern zwei Gläser eingeschenkt, doch er kannte sie nicht gut genug, und außerdem saß sie zu nah bei der Kasse.

So! Noch rasch ein Blick zum Patron, ob endlich der Moment war, die Rollläden dichtzumachen. Es war sowieso nett, dass sie so lange gewartet hatten für drei Gäste. In den meisten Pariser Restaurants war man schon längst fieberhaft beschäftigt und richtete die Tische für das Weihnachtsessen. Das hier war ein Lokal für Stammgäste, mit festem Preis, ein ruhiges Restaurant, nicht weit von der Place des Ternes, im kaum belebten Teil des Faubourg Saint-Honoré.

An diesem Abend aßen hier nur wenige Gäste. Fast jeder hatte irgendwo Familie oder Freunde. Übrig waren nur diese drei – zwei Frauen und ein

Mann –, und der Kellner hatte sich nicht recht getraut, sie vor die Tür zu setzen. Wer so lange sitzen blieb an seinem abgeräumten Tisch, der hatte sicher keinen, der auf ihn wartete.

Er schloss den linken Rollladen, dann den rechten, kam wieder herein, zögerte, auch den Rollladen vor der Tür herunterzuziehen, denn dann müssten die Nachzügler sich bücken beim Hinausgehen. Immerhin, es war schon neun, die Kasse gemacht. Madame Bouchet setzte ihren Hut auf, nahm den Mantel, ihren kleinen Kragen aus Marderfell, suchte nach den Handschuhen. Der Patron machte ein paar Schritte, die Fußspitzen nach außen gekehrt. Die große Jeanne rauchte noch immer ihre Zigarette, und das Mädchen hatte sich mit dem Lippenstift ungeschickt einen dicken Mund gemalt.

Jetzt wurde geschlossen. Es war so weit. Es war Zeit. Gleich sagte der Patron, so höflich es ging, sein traditionelles:

»Mesdames, Messieurs ...«

Doch bevor er auch nur eine Silbe ausgesprochen hatte, gab es einen trockenen Knall, und der einzige männliche Gast, die Augen weit aufgerissen und erfüllt von etwas wie grenzenlosem Staunen, schwankte, dann fiel er quer über die Bank.

Einfach so, ohne ein Wort, ohne Vorwarnung, genau in dem Moment, da man zumachte, schoss er sich hier eine Kugel in die Schläfe.

»Sie warten besser ein paar Minuten«, sagte der Patron zu den zwei Frauen. »An der Straßenecke steht ein Polizist. Albert ist ihn holen gegangen.«

Die große Jeanne war aufgestanden, betrachtete den Toten, und während sie jetzt neben dem Ofen verweilte, nahm sie sich eine neue Zigarette. Das Mädchen in der Ecke biss in ein Taschentuch, und trotz der Hitze zitterte sie an allen Gliedern.

Der Polizist kam herein, und seine regennasse Pelerine verströmte einen Geruch nach Kaserne.

»Kennen Sie ihn?«

»Er isst hier immer zu Abend, jeden Tag, seit Jahren. Ein Russe.«

»Sind Sie sicher, ist er wirklich tot? Dann warten wir besser auf den Inspektor. Ich hab ihn rufen lassen.«

Sie warteten nicht lange. Das Revier war gleich um die Ecke, Rue de l'Étoile.

Der Inspektor trug einen Mantel, der ihm nicht recht passte oder im Regen die Form verloren hatte, einen farblosen Hut, und er wirkte mürrisch.

»Der Erste in der Reihe!«, brummte er beim Bücken. »Ist früh dran. Normalerweise packt's die erst um Mitternacht, da ist das Fest auf dem Höhepunkt.«

Er richtete sich auf, eine Brieftasche in der Hand, öffnete sie, entnahm ihr einen grünen und dicken Ausweis.

»Alexis Borine, sechsundfünfzig Jahre, geboren in Vilnius ...«

Er sprach halblaut, so wie ein Priester die Messe liest, so wie Albert mit sich selbst redete.

»Hôtel de Bordeaux, Rue Brey, Ingenieur. Er war Ingenieur?«, fragte er den Patron.

»Vielleicht war er's früher mal, aber seit er herkommt, ist er Statist beim Film. Im Kino hab ich ihn ein paarmal erkannt.«

»Zeugen?«, fragte der Inspektor und drehte sich um.

»Ich war da, meine Kassiererin, der Kellner, dazu die beiden Damen. Vielleicht schreiben Sie ihre Namen als Erste auf ...«

Der Polizist stand jetzt Aug in Auge mit der großen Jeanne, und die war tatsächlich groß, einen halben Kopf größer als er.

»Du auch? Deine Papiere!«

Sie gab ihm ihren Ausweis. Er notierte:

»Jeanne Chartrain, achtundzwanzig Jahre, ohne Beruf. Na so was! Ohne Beruf ...?«

»Haben die auf dem Rathaus so reingeschrieben.«

»Hast du den anderen Schein?«

Sie nickte.

»Ordnungsgemäß?«

»Charmant wie immer«, sagte sie mit einem Lächeln.

»Und Sie?«

Er wandte sich zu dem schlecht geschminkten Mädchen, das stotterte:

»Ich hab meinen Ausweis nicht dabei. Ich heiße Martine Cornu. Ich bin neunzehn, geboren in Yport.«

Die Bohnenstange zitterte etwas und betrachtete sie jetzt aufmerksamer. Yport, das war ganz bei ihr in der Nähe, kaum fünf Kilometer. Und es gab jede Menge Cornus in der Gegend. Cornu hießen auch die Besitzer des größten Cafés in Yport, am Strand.

»Adresse?«, knurrte Inspektor Lognon, den man im Viertel immer nur »Inspektor Griesgram« nannte.

»Ich habe ein möbliertes Zimmer, Rue Brey, Nummer 17.«

»Wir werden Sie in den nächsten Tagen sicher vorladen. Jetzt können Sie gehen.«

Er wartete auf den städtischen Krankenwagen. Die Kassiererin fragte:

»Kann ich auch gehen?«

»Wenn Sie wollen.«

Während sie aufbrach, rief er die große Jeanne zurück, denn die war auf dem Weg zur Tür.

»Du hast ihn nicht zufällig gekannt?«

»Ich bin mal mit ihm hochgegangen, ist schon lange her, etwa sechs Monate. Mindestens sechs Monate, es war nämlich am Anfang vom Sommer. Er war einer von der Sorte Kunden, die eine Frau mitnehmen zum Reden, und nicht so für was anderes, die fragen einen aus, halten einen für unglücklich. Danach hat er mich zwar nicht mehr gegrüßt, aber wenn er reinkam, hat er mir immer zugenickt.«

Das Mädchen ging hinaus. Die große Jeanne folgte ihr fast auf dem Fuß. Sie trug einen schäbigen, viel zu kurzen Pelzmantel. Ihre Kleider waren schon immer zu kurz, jeder sagte es ihr, aber sie blieb dabei, ohne recht zu wissen, warum, und dadurch wirkte sie noch um einiges größer.

Ihr »Zuhause«, das war gleich rechts, fünfzig Meter weiter, im tiefen Dunkel des Square du Roule, wo es nur Künstlerateliers gab und Häuschen mit einem Stockwerk. Sie hatte eine kleine Wohnung oben, mit eigener Treppe und Tür zur Straße, für die nur sie den Schlüssel besaß.

Sie hatte sich vorgenommen, gleich nach Hause zu gehen, an diesem Abend. Am Weihnachtsabend blieb sie niemals draußen. Sie war kaum geschminkt, trug ihre einfachsten Sachen. Darum hatte sie es eben noch so schockiert, als sie sah, wie das Mädchen sich die Lippen dick anmalte.

Sie machte ein paar Schritte in Richtung der Sackgasse, auf ihren hohen Absätzen stöckelnd, und sie hörte das Klackern auf dem Straßenpflaster. Dann spürte sie, dass sie trübsinnig war, wegen dem Russen; sie wollte jetzt lieber im Licht gehen, Geräusche hören, und so lief sie in Richtung Place des Ternes, denn dort mündete die funkelnde Schneise, die von der Place de l'Étoile herkam. Kinos, Theater, Restaurants glänzten hell. Aushänge hinter Glas verkündeten Preis und Speisenfolge für die Weihnachtsmenüs, und auf jeder Tür las man die Worte *Alles besetzt*.

Die Gehwege erkannte man kaum wieder, sie waren fast menschenleer.

Das Mädchen ging zehn Meter vor ihr und wirkte wie jemand, der nicht weiß, wohin, und von Zeit zu Zeit blieb sie vor einem Schaufenster stehen oder an einer Straßenecke, zögernd, ob sie hinübergehen sollte, dann wieder betrachtete sie lange die Fotos im warmen Vorraum eines Kinos.

»Man könnte glauben, dass sie's ist, die auf den Strich geht!«

Beim Blick auf den Russen hatte Lognon gebrummt:

»Der Erste in der Reihe! Ist früh dran!«

Vielleicht, um es nicht auf der Straße zu tun, wo es noch jämmerlicher wäre, oder in der Einsamkeit seines Hotelzimmers. Im Restaurant, da herrschte eine friedliche, fast familiäre Stimmung. Ringsherum waren bekannte Gesichter. Es war warm. Und der Patron spendierte obendrein gerade ein Gläschen mit seinen besten Wünschen.

Sie zuckte die Achseln. Sie hatte nichts zu tun. Sie

blieb jetzt ebenfalls stehen, vor den Schaufenstern, vor den Fotos, das Neonlicht der Leuchtreklame über den Lokalen tauchte sie hier in Rot, dort in Grün oder Violett, und sie sah das Mädchen immer noch da vorne laufen.

Wer weiß? Vielleicht war sie ihr begegnet, als sie noch ganz klein war? Zehn Jahre Altersunterschied lag zwischen ihnen. Als sie noch in der Fischerei arbeitete, in Fécamp – groß war sie damals schon, aber sehr dünn –, ging sie sonntags oft nach Yport zum Tanzen, mit den Jungs. Manchmal tanzte sie bei Cornu, und auf dem Boden krochen da immer die Sprösslinge des Hauses herum.

»Vorsicht, Nacktschnecke!«, sagte sie zu ihren Begleitern.

Sie nannte die Sprösslinge Nacktschnecken. Auch ihre Geschwister waren Nacktschnecken. Damals hatte sie sechs oder sieben, aber so viele waren sicher nicht mehr da. Lustig, sich das vorzustellen, dieses Mädchen war bestimmt eine von den Nacktschnecken bei Cornu!

Über den Geschäften in der Avenue lagen Wohnungen, und fast alle waren hell erleuchtet; sie schaute hinauf, hob den Kopf in den frischen Sprühregen, sah hier und da bewegte Schatten hinterm Vorhang und fragte sich:

»Was machen die jetzt?«

Wahrscheinlich warteten sie auf Mitternacht und lasen Zeitung, oder sie schmückten den Weihnachtsbaum. Manche Hausfrauen hatten jetzt gleich Gäste und kümmerten sich in der Küche ums Abendessen.

Tausende von Kindern schliefen, oder taten zumindest so. Und die Leute, die sich dort in den Kinos drängten, in den Theatern, hatten für später fast alle einen reservierten Platz im Restaurant oder in der Kirche für die Mitternachtsmesse. Denn auch in den Kirchen musste man seinen Platz reservieren. Wäre sie sonst vielleicht auch in eine gegangen?

Die Passanten, die sie traf, spazierten in Gruppen, schon angeheitert, oder in Paaren, wohl noch enger aneinandergeschmiegt als an anderen Tagen.

Und die alleine unterwegs waren, hatten es eiliger als sonst. Man spürte, sie hatten ein Ziel, sie wurden irgendwo erwartet.

Hatte der Russe sich deshalb eine Kugel in den Kopf gejagt? Und dieser Inspektor Griesgram noch weitere prophezeit?

Es lag am Tag, ganz sicher! Die Kleine da vorn stand jetzt an der Ecke Rue Brey. Das dritte Haus war ein Hotel, und es gab noch andere dieser Art, diskrete Hotels, in die man für ein Weilchen eintreten konnte. Genau hier war Jeanne mit ihrem ersten Kunden gewesen. Im Hotel nebenan, wahrscheinlich ganz oben – für den Monat oder die Woche vermietete man nur die schlechtesten Zimmer –, da hatte der Russe gewohnt, bis heute.

Was schaute die kleine Cornu sich jetzt an? Die dicke Émilie? Die kannte keine Scham und keine Religion. Die stand da, auch zu Weihnachten, und sie machte nicht mal ein paar Schritte, damit es unschuldig wirkte. Sie blieb wie angewurzelt vor dem Eingang mit den Worten »Möblierte Zimmer«, gut sichtbar über ihrem violetten Hut. Natürlich war sie alt, war über vierzig, war beinah unförmig, und die Füße, inzwischen so empfindlich wie die des Patrons im Restaurant, trugen nur noch widerwillig ihr ganzes Fett.

»Salut, Jeanne!«, rief sie quer über die Straße.

Die große Jeanne gab keine Antwort. Warum folgte sie dem Mädchen? Ohne Grund. Wohl nur, weil sie nichts zu tun hatte und Angst, nach Hause zu gehen.

Die kleine Cornu wusste genauso wenig, wohin sie ging. Gedankenlos war sie in die Rue Brey eingebogen, und jetzt ging sie mit kleinen, langsamen Schritten, eingezwängt in ein blaues Kostüm, das viel zu dünn war für die Jahreszeit.

Sie war hübsch. Eher pummelig. Ein kleiner lustiger Hintern, mit dem sie beim Gehen wackelte. Von vorne, im Restaurant, hatte man ihren spitzen Busen gesehen, der die Bluse füllte.

»Wenn einer dich anspricht, meine Süße, hast du's dir redlich verdient!«

Besonders an diesem Abend, denn die anständigen Leute, die mit Familie, Freunden oder einfach nur Bekannten, die trödeln nicht durch die Straßen.

Das kleine Dummerchen hatte keine Ahnung. Womöglich wusste sie nicht mal, was die dicke Émilie dort trieb, vor der Tür des Hotels? Wenn sie an einer Bar vorbeikam, stellte sie sich manchmal auf die Zehenspitzen und schaute ins Innere.

Na schön! Sie ging hinein. Albert hätte ihr nichts geben dürfen. Jeanne war genauso gewesen, früher. Wenn sie das Pech hatte und ein Glas trank, dann brauchte sie noch eins. Und hatte sie drei getrunken, dann wusste sie nicht länger, was sie tat. So war es nicht mehr, ganz und gar nicht! Wie viele Gläschen konnte sie inzwischen kippen, bevor es erreicht war, ihr Quantum!

Die Bar hieß Chez Fred. Sie hatte einen langen Mahagonitresen, mit diesen Hockern, auf die keine Frau raufkommt, ohne dass sie ihre Beine präsentiert. Drin war es leer, weiß Gott. Nur ein Kerl ganz hinten, Musiker oder Tänzer, bereits im Smoking, der musste sicher gleich zur Arbeit, in einem Lokal irgendwo im Viertel. Er aß ein Sandwich und trank ein Glas Bier.

Martine Cornu kletterte auf einen Hocker, vorn beim Eingang, Rücken zur Wand, und ein paar

Schritt weiter suchte sich die große Jeanne einen Platz.

»Ein Armagnac«, bestellte sie, denn damit hatte sie nun mal angefangen.

Das Mädchen musterte die Flaschen, die, von unten angestrahlt, dastanden als ein lieblicher Regenbogen.

»Eine Bénédictine.«

Der Barkeeper drehte den Knopf am Radio, und süßliche Musik schwebte durch den Raum.

Warum stellte sie ihr nicht die Frage, ob sie tatsächlich eine von den Cornus aus Yport war? Cornus gab es auch in Fécamp, Cousins, aber die waren Metzger in der Rue du Havre.

Der Musiker – oder Tänzer – ganz hinten hatte Martine bereits aufs Korn genommen und schickte ihr schmachtende Blicke.

»Haben Sie Zigaretten?«

Sie rauchte nicht, das sah man an der Art, wie sie das Paket aufriss, den Rauch ausatmete und dabei blinzelte.

Es war zehn. Noch zwei Stunden bis Mitternacht. Überall würden sie sich küssen. Das Radio würde in sämtlichen Häusern *Minuit, chrétiens* spielen, und alle sangen dann mit im Chor.

Im Grunde war das reichlich blöd. Die große Jeanne, der es so leichtfiel, den Erstbesten anzusprechen, fühlte sich außerstande, zu dem Mädchen hinüberzugehen, das aus ihrer Gegend stammte, das sie wahrscheinlich früher gekannt hatte, als es noch ein Kind war.

Bestimmt wäre das gar nicht unangenehm gewesen. Sie hätte gesagt: »Sie sind ja auch allein, und gut geht's Ihnen nicht, warum tun wir uns nicht einfach zusammen für den Weihnachtsabend?«

Sie wusste sich zu benehmen. Sie würde nicht von Männern reden, nicht von ihrem Beruf. Es gab sicher einen ganzen Haufen Leute, die sie alle beide kannten, in Fécamp und in Yport, und über die könnten sie sich unterhalten. Und warum sollte sie das Mädchen nicht einladen? Ihre Wohnung war hübsch. Sie hatte lang genug in möblierten Zimmern gelebt und kannte den Wert eines Zuhauses. Sie konnte das Mädchen mitnehmen, ohne rot zu werden, denn niemals empfing sie hier bei sich einen Mann. Andere machten das. Für die große Jeanne war es ein Prinzip. Und nur wenige Wohnungen waren so sauber wie ihre. Neben der Tür lagen sogar Filzpantoffeln, die zog sie an Regentagen über, damit der Boden nicht schmutzig wurde, der so glatt war wie eine Eisbahn.

Sie würden ein, zwei Flaschen kaufen, etwas Gutes, aber nicht zu stark. Die Feinkostläden waren noch offen, und da bekam man Pasteten, Hummer in der Schale, leckere und nette Sachen, die man nicht alle Tage isst.

Heimlich beobachtete sie das Mädchen. Vielleicht hätte sie am Ende doch etwas gesagt, aber nun öffnete sich die Tür, und herein traten zwei Männer von der Sorte, wie Jeanne sie nicht mochte, solche, die irgendwo hinkommen und sich sofort umschauen, als ob ihnen alles gehört.

»Salut, Fred!«, rief der Kleinere, der auch der Dickere war.

Sie hatten bereits die ganze Bar durchmustert. Ein gleichgültiger Blick auf den Musiker ganz hinten, ein etwas längerer auf die große Jeanne, die im Sitzen weniger lang wirkte, als wenn sie stand – deshalb arbeitete sie ja auch möglichst oft in Bars.

Natürlich, die wussten genau, was sie war. Martine aber betrachteten sie gründlich, setzten sich neben sie.

»Ist es erlaubt?«

Sie drückte sich ein wenig gegen die Wand, hielt immer noch genauso ungeschickt ihre Zigarette.

»Was nimmst du, Willy?«

»Wie immer.«

»Wie immer, Fred.«

Männer, die oft einen fremden Akzent haben, und wenn man zuhört, sprechen sie von Pferderennen oder fachsimpeln über Autos. Männer auch, die irgendwann irgendwem zuzwinkern, dann gehen sie mit ihm nach hinten und flüstern ihm etwas ins Ohr. Und die, wo immer sie sind, das dringende Bedürfnis haben zu telefonieren.

Der Barkeeper beschäftigte sich mit einer komplizierten Mixtur, und sie beobachteten ihn aufmerksam.

»Der Baron ist nicht gekommen?«

»Er will, dass einer von euch ihn anruft. Er ist bei Francis.«

Der Dicke verzog sich in die Kabine. Der andere rutschte ein bisschen näher zu Martine.

»Ist nicht gut für den Magen«, behauptete er und ließ dabei ein goldenes Zigarettenetui aufspringen.

Sie schaute ihn an, überrascht, und Jeanne hätte am liebsten gerufen:

»Halt den Mund, meine Süße!«

Denn hatte sie erst einmal was gesagt, dann wurde es schwierig für sie, sich da wieder rauszuwinden.

»Was ist schlecht für den Magen?«

Sie fiel drauf rein wie eine dumme kleine Pute. Sie gab sich sogar Mühe zu lächeln, natürlich, denn man hatte ihr beigebracht, dass man lächelt, wenn man mit jemandem spricht, oder vielleicht glaubte sie auch, auf diese Weise ähnle sie dem Titelbild einer Illustrierten.

»Was Sie da trinken.«

»Das ist Bénédictine.«

Sie stammte tatsächlich aus der Gegend um

Fécamp! Sie glaubte, mit diesem schönen Wort sei alles gesagt.

»Na eben! Wenn Sie krank werden wollen, ideal! Fred!«

»Ja, Monsieur Willy?«

»Für Mademoiselle auch einen. Trocken.«

»Alles klar.«

»Aber ...« Sie wollte protestieren.

»In aller Freundschaft, keine Angst! Und ist heute Weihnachten, ja oder nein?«

Der Dicke, der gerade aus der Kabine kam und vor dem Spiegel an seiner Krawatte fummelte, hatte sofort begriffen.

»Wohnen Sie hier im Viertel?«

»Ich wohne nicht weit.«

»Barkeeper!«, rief die große Jeanne. »Geben Sie mir dasselbe.«

»Armagnac?«

»Nein. Das Zeug, das Sie da gerade servieren.«

»Einen *side-car*?«

»Meinetwegen.«

Sie war wütend, ohne jeden Grund.

»Tja, meine Kleine, bei dir braucht's nicht mehr lang, dann kippst du aus den Latschen. Wie schlau! Wenn du durstig warst, hättest du dir da nicht einen besseren Laden aussuchen können? Oder zu Hause trinken?«

Stimmt schon, sie war ja auch nicht nach Hause

gegangen. Und sie war es doch gewohnt, allein zu leben. Hat irgendwer Lust, am Weihnachtsabend nach Hause zu gehen, wenn er weiß, dass niemand auf ihn wartet und dass er im Bett bei allen Nachbarn Musik hört und fröhliches Getümmel?

Jetzt gleich würden die Kinos, die Theater eine erwartungsvolle Menge ausspucken, die zu zigtausend reservierten Tischen eilte, in die entferntesten Viertel, in die modischsten Restaurants. Weihnachtsessen für jede Geldbörse!

Allerdings, einen Tisch kann man nicht bloß für eine Person reservieren. Wäre es nicht eine Zumutung für die anderen, die da als Gruppe sitzen und sich amüsieren, wenn man in einer Ecke Platz nimmt und sie beobachtet? Wie würde das wirken? Wie ein Vorwurf! Sie würden sich vorbeugen, miteinander tuscheln, sich fragen, ob sie einen nicht aus Mitleid einladen müssten.

Man kann auch nicht draußen rumlaufen, die Polizisten folgen einem mit misstrauischem Blick, besorgt, ob man nicht vielleicht den finsteren Winkel da nutzen könnte und das Gleiche tun wie der Russe, oder ob nicht jemand trotz der Kälte in die Seine springen muss, um einen rauszufischen.

»Und, was sagen Sie?«

»Ist nicht besonders stark.«

Für ein Wirtstöchterchen hätte sie sich etwas besser auskennen sollen. Aber alle Frauen reden so. Als hätten sie immer die Erwartung, sie müssten Feuer schlucken. Wenn die Sache also weniger stark ist als gedacht, sind sie nicht länger misstrauisch.

»Verkäuferin?«

»Nein.«

»Tippse?«

»Ja.«

»Schon lange in Paris?«

Er hatte Zähne wie ein Filmstar und auf jeder Seite ein winziges Komma als Schnurrbart.

»Tanzen Sie gern?«

»Manchmal.«

Wie schlau! Was war das für ein Spaß, derart blödsinnige Worte zu wechseln mit Typen wie denen da! Vielleicht hielt die Kleine sie sogar für Männer von Welt? Das goldene Etui, das man ihr hinhielt, auch die ägyptischen Zigaretten blendeten sie ganz sicher, genauso wie der riesige Diamantring bei ihrem Sitznachbarn.

»Noch mal dasselbe, Fred.«

»Für mich nicht, danke. Es ist auch Zeit, dass ich ...«

»Zeit, dass Sie was?«

»Wie bitte?«

»Es ist auch Zeit, dass Sie ... dass Sie was tun? Sie wollen ja wohl nicht schlafen gehen, um halb elf, am Weihnachtsabend!«

Komisch! Wenn man eine solche Szene ablaufen

sieht, ohne dass man mitspielt, dann findet man sie zum Heulen dämlich. Aber wenn man eine Rolle hat ...

»Dumme Gans!«, knurrte die große Jeanne, rauchte eine Zigarette nach der andern und ließ die drei nicht aus den Augen.

Naturgemäß wagte Martine nicht zuzugeben, dass sie tatsächlich ins Bett wollte.

»Haben Sie ein Rendezvous?«
»Sie sind aber neugierig.«
»Ein Verehrer?«
»Was geht Sie das an?«
»Weil's mir Spaß machen würde, wenn er warten muss.«
»Wieso?«

Die große Jeanne hätte alle Fragen und Antworten ohne Weiteres an ihrer Stelle aufgesagt. Sie kannte das auswendig. Sie hatte den Blick zum Barmann hinüber aufgeschnappt, und der bedeutete:

»Höhere Dosis!«

Aber inzwischen konnte man der ehemaligen Nacktschnecke aus Yport den schärfsten Cocktail servieren, in ihrem Zustand hätte sie befunden, er sei mild. Hatte sie nicht schon genug Rot auf den Lippen? Sie spürte das Bedürfnis nachzulegen, sie wollte ihre Handtasche öffnen, zeigen, ihr Lippenstift war von Houbigant, doch es ging auch um ihre Schnute, denn Frauen halten sich für unwiderstehlich, spitzen sie nur die Lippen in Richtung des unanständigen kleinen Instruments.

»Ja, schön bist du! Guck mal in den Spiegel, dann siehst du, von uns zweien bist du's, die ausschaut wie 'ne Nutte!«

Jedoch nicht ganz, denn es ist nicht allein das bisschen mehr oder weniger Schminke, woran man sie erkennt. Der Beweis waren die beiden Männer, die hatten beim Hereinkommen nur einen einzigen Blick gebraucht, und schon war die große Jeanne taxiert.

»Kennen Sie das Monico?«

»Nein. Was ist das?«

»Hör mal, Albert, sie kennt das Monico nicht!«

»Ich lach mich tot!«

»Und Sie tanzen gern? Na dann, Kleines ...«

Dieses Wort, Jeanne hatte es erwartet, aber erst ein bisschen später. Der Mann kam flott zur Sache. Sein Bein klebte schon fest am Bein des Mädchens, und sie konnte es nicht zurückziehen, so eingeklemmt an der Wand.

»Das ist einer von den tollsten Schuppen in Paris. Nur Stammgäste. Jazz von Bob Alisson. Kennen Sie den etwa auch nicht, den Bob?«

»Ich gehe nicht so oft aus.«

Die beiden Männer zwinkerten sich zu. Musste so kommen, auch das. In ein paar Minuten erinnerte der kleine Dicke sich ganz plötzlich an eine ganz dringende Verabredung, und dann überließ er seinem Kumpel das Feld.

»Nicht mit mir, Kinder!«, beschloss die große Jeanne.

Auch sie hatte drei Gläser hintereinander getrunken, nicht mitgezählt die vom Patron im Restaurant. Sie war nicht blau, sie war nie völlig blau, aber langsam legte sie Wert auf bestimmte Grundsätze.

Zum Beispiel stammte diese Idiotin von einem Mädchen aus derselben Gegend wie sie, war eine Nacktschnecke. Dann dachte sie an die dicke Émilie, aufgepflanzt vor der Tür des Hotels. Und es war genau dieses Hotel gewesen, aber nicht in der Weihnachtsnacht, dort war sie zum ersten Mal mit einem raufgegangen.

»Haben Sie vielleicht Feuer für mich?«

Sie war von ihrem Hocker gerutscht, war, eine Zigarette im Schnabel, rübergegangen zum kleineren der beiden Männer.

Der wusste auch, was das bedeuten sollte, und begeistert war er nicht, er musterte sie von Kopf bis Fuß mit kritischem Blick. Wenn er gerade stand, war er wohl einen guten Kopf kleiner, und sie bewegte sich auch wie ein Kerl.

»Spendieren Sie mir nicht auch ein Glas?«

»Wenn's sein muss ... Fred!«

»Verstanden.«

Die Gans betrachtete sie derweil fast mit dem Ausdruck von Empörung, als hätte man versucht, ihr irgendwas zu stehlen.

»Was ist, Kinder, ihr seid nicht gerade lustig!«

Und Jeanne, die Hand auf der Schulter ihres Nachbarn, schmetterte jetzt laut den Refrain, der gedämpft aus dem Radio klang.

»Kleine Nutte!«, wiederholte sie bei sich alle zehn Minuten. »Man glaubt's kaum …«

Am seltsamsten war, die kleine Nutte betrachtete sie immer weiter mit tiefster Verachtung.

Dabei verschwand inzwischen ein kompletter Arm von Willy hinter Martines Rücken, und die Hand mit dem diamantenen Siegelring wanderte frech über ihre Bluse.

Sie hing – ja, hing – auf der dunkelroten Bank des Monico, und er brauchte ihr das Glas gar nicht mehr in die Hand zu drücken, sie selbst verlangte immer öfter danach, bar jeder Vernunft, und trank mit einem Zug den perlenden Champagner.

Nach jedem Glas explodierte sie vor Lachen, ein abgehacktes Lachen, und dann klebte sie nur noch fester an ihrem Gefährten.

Es war noch nicht Mitternacht! Die meisten Tische waren frei. Manchmal war das Paar allein auf der Tanzfläche, und Willy stöberte mit der Nase in den Härchen seiner Partnerin, wanderte mit den Lippen über die Gänsehaut ihres Nackens.

»Du bist sauer, was?«, fragte Jeanne ihren Nachbarn.

»Wieso?«

»Weil du's nicht bist, hast nicht den Hauptgewinn. Findest du mich zu groß?«

»Bisschen.«

»Im Bett merkt man's nicht.«

Den Satz hatte sie tausendmal gesagt. Er war fast schon ein Werbespruch, genauso idiotisch wie das Gesäusel zwischen den beiden anderen da, aber wenigstens machte sie das nicht zum Spaß.

»Findest du das witzig, Weihnachten?«

»Nicht besonders.«

»Glaubst du, manche Leute amüsieren sich wirklich?«

»Scheint so …«

»Grade eben, im Restaurant, ich war zum Abendessen, da hat sich ein Typ die Kugel gegeben, ganz brav in seiner Ecke, mit einem Gesicht, als ob er sich entschuldigt für die Störung und den Dreck auf dem Fußboden.«

»Kannst du nichts Lustigeres erzählen?«

»Dann bestell noch 'ne Flasche. Ich hab Durst.«

Es war das letzte Mittel. Die Nacktschnecke besoffen machen, restlos, denn die wollte einfach nichts kapieren. Bis ihr übel war, bis sie kotzte, bis einem nichts andres übrig blieb, als sie rüberzutragen ins Bett.

»Auf Ihr Wohl, junge Dame! Und auf alle Cornus in Yport und Umgebung!«

»Sind Sie von da?«

»Aus Fécamp. Eine Zeit lang war ich jeden Sonntag in Yport tanzen.«

»Reicht jetzt!«, unterbrach Willy. »Wir sind nicht hier zum Familiengeschichtenerzählen.«

Eben, in der Bar an der Rue Brey, hätte man sofort geglaubt, ein Glas mehr brächte die Kleine endgültig zur Strecke. Jetzt zeigte sich das Gegenteil. Vielleicht hatten ein paar Minuten Frischluft sie wieder in Form gebracht? Vielleicht war es der Champagner? Sie trank und trank und wurde immer munterer. Aber sie war längst nicht mehr das Mädchen aus dem kleinen Restaurant.

Willy steckte ihr jetzt die Zigaretten schon angezündet in den Mund, und sie trank aus seinem Glas. Es war ekelhaft. Und diese Hand, die ständig unterwegs war auf ihrer Bluse und dem Rock!

Noch ein paar Minuten, und alle würden sich küssen, der dreckige Kerl würde seine Lippen auf die Lippen des Mädchens pressen, und sie wäre dumm genug und sank gleich schmachtend in seine Arme.

»Da sieht man's, so sind wir in dem Alter! Verbieten müsste man das, dieses Weihnachten …«

Alle anderen Feste gleich mit! Jetzt war es Jeanne, die langsam unscharf sah.

»Wollen wir nicht mal den Laden wechseln?«

Vielleicht würde die frische Luft diesmal das Gegenteil bewirken, und Martine kippte endlich aus den Latschen. Wenn's dazu kam, musste man vor allem aufpassen, dass dieser Möchtegerngigolo sie nicht nach Hause brachte und mit raufging!

»Ist doch nett hier!«

Und Martine, die ihre Gefährtin misstrauisch ansah, sagte leise etwas über sie zu ihrem Begleiter. Irgendetwas wie:

»Was mischt die sich ein? Wer ist die? Sieht aus wie eine ...«

Der Jazz brach ab. Es folgten ein paar Sekunden Stille. Ein paar Leute erhoben sich.

»*Minuit, chrétiens* ...«, intonierte die Kapelle.

Ja, sogar hier! Und Martine schmiegte sich an Willys Brust, ihre Körper waren verschmolzen, von den Füßen bis zur Stirn, ihre Münder klebten schamlos aufeinander.

»Na hört mal, ihr Ferkel!«

Die große Jeanne machte einen Schritt zu ihnen hinüber, ihre Stimme war schrill und ordinär, sie bewegte sich wie ein verrenkter Hampelmann.

»Ihr lasst den andern wohl gar nichts übrig, was?«

Dann, noch lauter:

»Du da, Kleine, mach mal bisschen Platz!«

Die beiden rührten sich noch immer nicht, und sie packte Martine an der Schulter, zog sie weg.

»Hast du nicht verstanden, kleine Nutte? Glaubst wohl, er gehört dir allein, dein Willy? Und was, wenn ich eifersüchtig bin?«

Die Leute horchten, schauten herüber von den anderen Tischen.

»Ich hab kein Wort gesagt die ganze Zeit. Ich hab euch machen lassen, ich bin nämlich ein braves Mädchen. Aber der Mann da, der gehört mir ...«

»Was sagt die?«, fragte das Mädchen erstaunt.

Willy versuchte vergeblich, sie wegzuschieben.

»Was ich sage? Was ich sage? Ich sage, du bist 'ne dreckige Nutte und du hast ihn mir weggenommen. Ich sage, das läuft so nicht, und ich werd dir deine hübsche kleine Fresse polieren. Ich sage ... Na schön! Nimm's schon mal als Anzahlung! ... Das auch! ... Und noch eins drauf!«

Und sie machte es mit Hingebung, schlug, kratzte, packte eine ganze Handvoll Haare, während irgendwer erfolglos versuchte, die beiden zu trennen.

Sie war stark wie ein Mann, die große Jeanne!

»Ah, wie hast du mich genannt? Ich weiß schon! ... Ah, du suchst Zoff ...«

Martine wehrte sich, so gut es ging, kratzte ihrerseits, grub sogar ihre kleinen Zähne tief in Jeannes Hand, während die ihr Ohr in die Zange nahm.

»Aber bitte, meine Damen ... bitte, meine Herren ...«

Und immerfort die schrille Stimme von Jeanne, die sich jetzt dranmachte, den Tisch umzukippen. Gläser, Flaschen, alles ging zu Bruch. Kreischende Frauen flohen das Schlachtfeld, doch schließlich gelang es der großen Jeanne, und sie brachte das Mädchen mit einem gestellten Bein zu Fall.

»Hast's nicht anders gewollt ... Nu kriegst du's eben ...«

Sie lagen am Boden, verkeilt, blutend, mitten in den Glasscherben.

Die Kapelle schmetterte so laut wie möglich *Minuit, chrétiens*, um das Geschrei zu übertönen. Ein paar Leute sangen wieder. Endlich öffnete sich die Tür. Zwei Fahrradpolizisten kamen herein, marschierten stracks zu den Kämpferinnen.

Ohne allzu viel Umstände verpassten sie ihnen mit den Stiefelspitzen ein paar Tritte.

»Los, aufstehen!«

»Die Schlampe da, die hat ...«

»Ruhe! Erklärt das auf dem Revier!«

Die beiden Herren, Willy und sein Kumpel, hatten sich wie durch Zufall in Luft aufgelöst.

»Mitkommen!«

»Aber ...«, protestierte Martine.

»Schluss! Keine Widerrede!«

Die große Jeanne drehte sich noch einmal um

und suchte ihren Hut, den hatte sie bei der Keilerei verloren. Draußen auf dem Gehweg rief sie dem Türsteher zu:

»Heb meinen Hut für mich auf, Jean. Ich hol ihn morgen. Er ist noch fast neu.«

»Wenn ihr nicht gleich die Klappe haltet ...«, sagte ein Polizist und rasselte mit den Handschellen.

»Schon gut, Blödmann! Wir sind ja kreuzbrav!«

Die Kleine stolperte. Jetzt plötzlich, jetzt ging's ihr schlecht. Sie mussten in einer dunklen Ecke stehenbleiben, da konnte sie kotzen, direkt am Fuß einer Mauer, unter einem Hinweis in weißen Lettern: *Urinieren verboten!*

Sie weinte, schluchzte und rülpste abwechselnd.

»Ich versteh nicht, was los war mit der. Wir haben uns nur amüsiert ...«

»So seht ihr aus ...«

»Ich will ein Glas Wasser.«

»Gibt's auf dem Revier.«

Es war nicht weit, Rue de l'Étoile. Und ausgerechnet Lognon, also Inspektor Griesgram, hatte immer noch Dienst. Er trug eine Brille auf der Nase. Wahrscheinlich schrieb er gerade seinen Bericht über den Tod des Russen. Er erkannte Jeanne, dann die andere, musterte sie, ohne zu begreifen.

»Habt ihr euch schon gekannt?«

»Scheint so, Kumpel!«

»Du, du bist besoffen wie eine Sau«, bellte er hinüber zur großen Jeanne. »Die andre da drüben ...«

Einer der Polizisten erklärte:

»Die lagen alle beide am Boden, im Monico, haben sich hübsch die Dauerwelle demoliert.«

»Monsieur ...« Martine wollte protestieren.

»Schluss! Steckt sie ins Loch, nachher kommt der Wagen.«

Auf der einen Seite saßen die Männer, nicht viele, vor allem alte Clochards, und auf der anderen, weiter hinten, die Frauen, getrennt durch ein Gitter. Bänke an den Wänden. Eine kleine Blumenverkäuferin weinte.

»Was hast'n angestellt, du?«

»Die haben Koks gefunden, in meinen Sträußen. Ist nicht meine Schuld ...«

»Mach kein' Witz!«

»Und die da, was ist die für eine?«

»'ne Nacktschnecke.«

»'ne was?«

»'ne Nacktschnecke. Verstehst du sowieso nicht. Guck mal! Jetzt fängt die schon wieder an zu reihern! Wird herrlich riechen hier, wenn die Grüne Minna Verspätung hat!«

Es waren etwa hundert, morgens um drei, am Quai de l'Horloge, im Polizeigewahrsam, auch hier die

Männer auf der einen, die Frauen auf der andren Seite.

In abertausend Häusern tanzte man sicher noch vor den Weihnachtsbäumen. Man hatte Bauchschmerzen von Truthahn, Gänseleber und Blutwurst. Restaurants und Cafés schlossen erst im Morgengrauen.

»Hast du kapiert, Idiotin?«

Martine lag, die Beine angezogen, auf einer Bank, die durch den Gebrauch so glatt poliert war wie eine Kirchenbank. Ihr war immer noch übel, mit zerquältem Gesicht, trübem Blick, die Lippen verzogen zu einem Flunsch.

»Ich versteh nicht, was ich Ihnen getan hab.«

»Hast mir gar nichts getan, Nacktschnecke.«

»Sie sind eine ...«

»Klappe! Sag's nicht, das Wort, hier gibt's ein paar Dutzend davon, die rücken dir schnell auf die Pelle.«

»Ich hasse Sie!«

»Vielleicht hast du recht. Trotzdem, du würdest jetzt doof aus der Wäsche gucken, in einem Hotelzimmer, Rue Brey!«

Man spürte, das Mädchen versuchte mühsam zu begreifen.

»Lass gut sein! Glaub's mir, ich sag dir, hier geht's dir besser, auch wenn es nicht komfortabel ist und nicht besonders gut riecht. Um acht hält der Kommissar dir eine kleine Predigt, hast du dir redlich verdient, dann kannst du die Metro nehmen, zur Place des Ternes. Mich schicken sie bestimmt zur Kontrolle, und sicher nehmen sie mir für acht Tage den Schein weg.«

»Ich verstehe gar nichts.«

»Umso besser. Glaubst du, das wäre nett geworden, mit dieser Type da, und ausgerechnet in der Weihnachtsnacht? Äh? Wärst stolz gewesen auf deinen Willy morgen früh! Und glaubst du, die Leute hat's nicht geekelt, als du rumgeschnurrt hast an der Brust von dem Drecksack? Jetzt hast du wenigstens immer noch deine Chance. Kannst dich bei dem Russen bedanken, du.«

»Und wieso?«

»Weiß ich nicht. Nur so 'ne Idee. Erstens, weil's wegen ihm war, dass ich nicht nach Hause gegangen bin. Und dann, vielleicht hat er mir Lust gemacht, dass ich einmal im Leben den Weihnachtsmann spiele ... Rück mal 'n Stück, ich brauch jetzt auch bisschen Platz.«

Dann, schon halb im Tran: »Nimm mal an, jeder spielt einmal den Weihnachtsmann ...«

Ihre Stimme wurde träg, und nun versank sie langsam in Schlaf.

»Nimm mal an, ich sag dir ... Nur ein einziges Mal ... Bei all den Leuten, die's gibt, auf der Welt ...«

Später, grummelnd, den Kopf auf Martines Schenkel, denn der war ihr Kopfkissen:

»Versuch mal, dass du nicht dauernd rumzappelst die ganze Zeit.«

Tucson (Arizona), Dezember 1948

Aus dem Französischen von
Elisabeth Edl und Wolfgang Matz

Weitere Kampa Bücher stellen wir Ihnen auf den
folgenden Seiten vor. Das Gesamtprogramm finden Sie auf:
www.kampaverlag.ch

Wenn Sie zweimal jährlich über unsere Neuerscheinungen
informiert werden möchten, schreiben Sie uns bitte an:
newsletter@kampaverlag.ch oder Kampa Verlag,
Hegibachstrasse 2, 8032 Zürich, Schweiz

KAMPA ⟨⟩ POCKET

Alex Lépic
*Lacroix und die stille Nacht
von Montmartre*

Sein dritter Fall
Kriminalroman

Weihnachten mit Commissaire Lacroix.

Weiße Weihnachten in Paris. Das hat es zuletzt vor fünfzig Jahren gegeben, erinnert sich Lacroix. Der dichte Schneefall verwandelt die Stadt binnen weniger Stunden in eine verwunschene Winterlandschaft, die vorweihnachtliche Ruhe aber langweilt den Commissaire. Als auf der beliebten Place du Tertre, dem Herzstück Montmartres, die prachtvolle Weihnachtsbeleuchtung gestohlen und in der nächsten Nacht die große Nordmanntanne unterhalb von Sacré-Cœur gefällt wird, bietet Lacroix sogleich seine Hilfe an – auch wenn er eigentlich nicht zuständig ist, leitet er doch das Kommissariat im fünften Arrondissement, rive gauche. Weder die Künstler von Montmartre noch die Touristen haben etwas gesehen, aber Lacroix' Instinkt sagt ihm, dass es hier um mehr geht als den Vandalismus eines Weihnachtshassers. Er ermittelt gemeinsam mit der Leiterin des Reviers auf dem Berg – und mit der Hilfe seiner Frau Dominique. Werden sie Schlimmeres verhindern können, damit pünktlich zum Fest der Liebe wieder Frieden herrscht in der Stadt der Liebe?

»Auch den dritten Fall mit Commissaire Lacroix
beschreibt Alex Lépic so bildhaft und stimmungsvoll, dass
man beim Lesen das Gefühl hat, nach Paris gereist zu sein.«

Margit Meier / WAZ

KAMPA POCKET

Rotes Lametta

Mörderische Weihnachtsgeschichten
Herausgegeben von Aleksia Sidney

Dieses Jahr wird Weihnachten
endlich spannend.

Wenn Blut aus dem Weihnachtsstrumpf tropft, statt Geschenken eine Leiche im Kamin steckt, an der Tanne nicht nur Lametta hängt und gestohlen statt geschenkt wird, macht das Fest der Nächstenliebe seinem Namen nicht gerade alle Ehre. Nicht ohne Grund hat die Weihnachtszeit immer wieder die größten Krimiautorinnen und -autoren zu mörderischen Geschichten angeregt – zum Glück für alle Leserinnen und Leser, denen die besinnliche Zeit immer ein wenig zu ruhig und friedlich daherkommt.

Krimi-Superstars wie Simon Beckett, Michael Connelly, Åke Edwardson, Henning Mankell, Laura Lippman und Maurizio de Giovanni sorgen dafür, dass Weihnachten in diesem Jahr ganz bestimmt nicht langweilig wird.

»Den Nächsten, der ›Frohe Weihnachten‹
zu mir sagt, bringe ich um.«
Dashiell Hammett

KAMPA  POCKET

Hansjörg Schertenleib
Palast der Stille

Für sich sein. Innehalten.
Mit sich sein. Selbstbestimmt leben.

Ein kleines Cottage auf einer Insel an der Ostküste Amerikas, mitten im Winter, in der Stille. Ein Mann schaufelt Schnee, redet mit seiner Katze, beobachtet Vögel, genießt die Langeweile und zieht Bilanz über sein Leben und Schaffen. Später macht er sich auf den Weg durch den tief verschneiten Wald zu der Kiefer, in deren Krone er einen Ausguck hat: die Welt zu schauen, die Natur, sich selbst.

Hansjörg Schertenleib schreibt über Stille, selbst gewählte Einsamkeit und die Liebe zu Tieren, zur Natur und zu Büchern. Eindringlich, poetisch, schwebend leicht.

»Ein Buch für alle, die dabei sind, das einfache Leben
zu entdecken. Alle, die da sitzen, lesen, schreiben,
schnitzen. Den Wind hören und manchmal Musik;
alle, die gerne im Schnee und in sich selbst versinken.«
Christine Richard / Tages-Anzeiger

Wenn Ihnen dieses KAMPA POCKET
gefallen hat, gefällt Ihnen vielleicht auch der
Lesetipp auf der gegenüberliegenden Seite.

Schicken Sie uns bitte Ihren LIEBLINGSSATZ
aus einem Kampa Pocket, bei einer Veröffent-
lichung auf unseren Social-Media-Kanälen
bedanken wir uns mit einem Buchgeschenk:
lieblingssatz@kampaverlag.ch